성공하는 말하기 전략

절반만 말해도 충분합니다

성공하는 말하기 전략

야마카와 다쓰오 지음 | 정나래 옮김

해피북미디어

* 일러두기
각주는 모두 옮긴이의 것이다.

프롤로그

본격적인 내용으로 들어가기에 앞서 몇 가지 질문을 드리겠습니다.

거리에서 갑자기 낯선 이가 다가와 길을 물어봤다고 칩시다. 어떻게 설명해 주시겠습니까? "쭉 가다 세 번째 코너에서 우회전한 뒤 다시 두 번째 코너에서 좌회전한 다음…." 하고 시작하나요? 그렇다면 당신은 친절한 사람일지는 몰라도 말을 잘하는 사람이라고 하기는 어렵습니다.

두 번째 질문입니다. 해외여행을 다녀왔더니 친구가 "현지 물가는 어땠어?" 하고 물어옵니다. 어떻게 답변하시겠습니까? "엄청 비싸던걸?" 하고 대답한다면 당신은 성실한 사람일지는 몰라도 재미있는 사람이라고는 할 수 없습니다.

마지막 질문입니다. 자기소개를 마친 당신에게 누군가 "주변 사람들은 당신을 어떻게 평가하나요?" 하고 묻는다면 어떻게 대답하시겠습니까? "저에 대한 평가는 대략 세 가지인데요." 하고 하나씩 설명해 나가나요? 그렇다면 당신은 무척 논리정연한 사람일지는 몰라도 눈치가 있는 사람은 아닐 겁니다.

본문에서 더 자세히 설명할 테니 여기서는 힌트만 살짝

드리겠습니다. 첫 번째 질문의 답변자는 '상세 내용부터 말하는 사람', 두 번째 답변자는 '이야기를 뭉뚱그리는 사람', 세 번째 답변자는 '말이 많은 사람'의 전형적인 모습입니다. TV, 잡지, 인터넷 매체 등의 기피 대상이지요.

언론 매체에만 국한된 이야기가 아닙니다. 사람들은 다른 사람의 말을 끝까지 들어주지 않습니다. 따라서 하고 싶은 말은 절반 정도로 줄여 말하면 딱 좋습니다. 그러려면 어느 부분을 남기고 어느 부분을 생략할지 연구할 필요가 있겠지요.

저는 경제 주간지 『닛케이 비즈니스』에서 기자, 지국장, 편집장 등을 거치며 잡지와 신문의 편집을 경험한 뒤 10년쯤 전에 TV로 활동 무대를 옮겼습니다. 현재는 'TV도쿄'* <월드 비즈니스 새틀라이트>**와 TV도쿄의 위성 채널 'BS TV도쿄' <닛케이 뉴스 넥스트>에서 뉴스 해설을, 같은 방송사

---

*　일본 5대 민영 방송사 중 하나. 도쿄를 비롯한 수도권 지역을 중심으로 방송을 송출한다.

**　1988년에 시작해 지금까지도 방송되고 있는 TV도쿄의 경제 뉴스 해설 프로그램.

<닛케이 새터데이-뉴스의 의문점>에서 프로그램 진행을 맡고 있습니다.

그 밖에도 『닛케이 비즈니스』의 온라인 서비스 '닛케이 비즈니스 전자판'을 오픈했고 TV도쿄의 보도 콘텐츠 플랫폼 'TV도쿄 BIZ'의 편집장을 역임하면서 전자 매체 관련 업무에도 관여했습니다. 최근에는 라디오에서도 뉴스 해설을 시작했습니다. 그렇게 30년 가까운 세월 동안 다양한 언론 매체의 일원으로서 한 사람이라도 더 많은 독자와 시청자의 눈을 사로잡으려면 어떻게 해야 하는지 끊임없이 연구해 왔습니다.

언론 매체는 '말하기', '듣기', '쓰기' 같은 커뮤니케이션 능력이 시청률, 실판매율, 웹사이트 순방문자수 등의 수치로 나타나는 냉혹한 세계입니다. 특히 TV 프로그램에서는 말하고자 하는 바를 '짧고' '쉬우며' '인상적으로' 전달하는 능력이 절대적으로 필요하며 이는 영업, 협상, 프레젠테이션 등과 같은 비즈니스 현장에서도 마찬가지입니다.

오랜 세월 수치와 기싸움을 하다 보면 시청자나 독자가 이상적이라고 여기는 의사소통 방식이 변화한다는 사실도 알 수 있습니다. 특히 SNS나 생성형 AI(인공지능)가 널리 사용되면서 의사소통의 모습도 크게 바뀌고 있습니다. 이 책을 통해 제가 언론 매체에 종사하며 몸소 깨달은 의사소통 기술의 뉴노멀을 설명해 드리고자 합니다. 이때 '뉴노멀'이라는 말 안에는 '새롭고' '근본적이며' '핵심적'이라는 뜻이 담겨 있습니다.

미리 말씀드리지만 저는 의사소통의 달인이라고 불리기에는 부족한 부분이 많습니다. 특히 TV에서는 여전히 풋내기나 다름없어 매일매일 새로운 벽에 부딪힙니다. 따라서 이 책의 취지는 실패와 반성을 거듭하면서 제가 얻은 교훈을 공유하는 데 있습니다. 저의 경험이 의사소통 문제로 고민하는 분들에게 조금이라도 도움이 되기를 바랍니다.

책에는 언론 매체의 '의사소통 기술'과 관련해 저와 담당 편집자가 논의한 내용이 Q&A 형식으로 정리되어 있습니다. 의사소통 기술을 다루는 책은 '학습서' 같은 형식을 띠는 경우가 많습니다. 하지만 이 책은 방송 무대 뒤편을 엿본다는 느낌으로 가볍게 읽어 주셨으면 합니다. 다 읽고 나면 저절로 커뮤니케이션 능력이 향상되게끔 유용하고 쓸모 있는 책이 되도록 열심히 만들었습니다.

　말하기 · 듣기 · 쓰기 기술은 직장에서나 사석에서나 꼭 필요합니다. 의사소통 기술의 뉴노멀을 이해하면 취업, 연애, 승진, 결혼, 이직 등 인생의 고비에서 성공을 이루고 행운을 쟁취하는 데 커다란 무기가 되어 줄 것입니다.

　서두가 길었습니다. 본문에서 '서두는 짧게'라고 써 놓고 제가 어겨서는 안 되겠지요. 그럼 본격적으로 시작해 보겠습니다.

차례

9장 Content 내용을 어떻게 선정할 것인가

10장 Listen 뉴스 해설자의 듣기 기술

11장 Write 잡지 편집장의 쓰기 기술

12장 AI 생성형 AI 시대의 의사소통 기술

1

Live

당신이 생방송 프로그램에
출연한다면

대본은 덮어 둘 것

Q TV 출연을 앞둔 사람에게 딱 한 가지만 조언한다면 무슨 말을 해 주고 싶으신가요?

A 음, 딱 한 가지라…. 그렇다면 저는 대본을 덮어 두라고 말하고 싶네요.

Q 네? 공들여 준비한 대본을 보지 말라고요?

A 네. 제가 TV 보도 프로그램에 출연한 지는 대략 10년쯤 됐는데요. 처음 제게 방송 일의 기초를 알려 준 사람은 <월드 비즈니스 새틀라이트> 같은 프로그램에서 진행자로 활약한 고타니 마오코* 씨였습니다. BS TV도쿄에서 함께 보도 프로그램을 진행했거든요. 고타니 씨의 주특기는 '게스트 손에서 대본 뺏기'였습니다.

Q 대본을 뺏는다고요?

---

* 일본의 뉴스 해설자. 1998년부터 2014년까지 16년간 <월드 비즈니스 새틀라이트>를 진행했다.

A 네. 보도 프로그램이다 보니 게스트로 기업인이나 대학 교수님들이 자주 출연했는데 방송 시작 직전에 갑자기 대본을 뺏거나 다짜고짜 대본을 덮으라고 합니다.

Q 다들 쟁쟁한 분들일 텐데, 그래도요?

A 네. 아랑곳하지 않아요. 처음에는 게스트들 모두 동요합니다. 이런 질문이 나오면 이렇게 대답하겠다고 적어 둔 분들이 많거든요. 특히 기업인이 게스트일 때는 홍보 담당자와 협의하면서 건네받은 모범답안이 있는 경우가 많습니다. 고타니 씨가 대본을 덮어 달라고 하는 순간 스튜디오 한쪽에서 지켜보던 홍보 담당자의 표정이 얼어붙습니다.

Q 그야 당연하죠! 그날을 위해 엄청나게 공을 들여 준비했을 테니까요. 그래서, 대본을 덮고 나면 어떻게 되나요?

A 신기하게도 방송이 순조롭게 흘러갑니다. 고타니 씨와 게스트의 대화가 활기를 띠죠. 대본을 보지 않으니 이야기가 뻔하지 않습니다. 눈은 입만큼 많은 말을 한다고들 하잖아요. 대본을 보며 말할 때보다 대본을 덮어 놓았을 때가 화면상에서 볼 때 한층 더 자신감이 있어 보입니다.

Q 게스트가 말문이 막히거나 하진 않나요?

A　그런 일은 없습니다. 저희는 회사 이야기를 들으려고 기업인을 부르고 전문 분야를 질문하려고 대학교수를 부릅니다. 질문하는 진행자보다 훨씬 더 많은 정보를 가지고 있는 사람들이지요. 질문에 답변하지 못할 리가 없습니다.

Q　듣고 보니 그러네요. 그래도 홍보 담당자는 대표님이 말실수할지도 모르니 그냥 준비한 모범답안대로 읽어 주기를 바라지 않을까요?

A　걱정하는 마음도 이해는 됩니다. 하지만 말실수하지 않는 게 더 중요하다면 TV에 출연할 이유가 없지 않을까요? 회사에서 TV 출연을 결정했을 때는 시청자에게 전달하고자 하는 메시지가 있었을 겁니다. 그렇다면 대본이나 큐 카드를 보고 읽기보다는 진행자나 카메라를 똑바로 바라보고 이야기하는 편이 말하고자 하는 바를 훨씬 더 잘 전달할 수 있습니다.

종이에 적힌 대로 읽는 정치인들

Q 국회 답변*에서도 행정관이 준비한 답변을 토씨 하나 바꾸지 않고 그대로 읽는 정치인들이 있더라고요. 국민에게 감흥을 불러일으키기에는 역부족이라는 생각이 들었어요.

A 그것도 아마 말실수 방지를 가장 중요하게 생각한 결과겠지요. 행정관은 보통 그런 정치인을 좋아합니다. 정해진 대로 움직여 주니 안심되고 쓸데없는 말을 하지 않으니 본인들이 뒷감당할 일도 없습니다. 이렇게 된 데는 언론 매체에도 일부 책임이 있는지 모릅니다. 정치인이 실언을 하면 해당 발언만 날름 편집해 문제 삼곤 하니까요.

Q 발언 전체를 잘 들어 보면 그렇게까지 심각한 사안이 아닐 때도 있는데 말이죠.

A 그런 측면에서 본다면 언론 매체가 정치인을 위축시킨다

----

* 공개적인 자리에서 각 당 국회의원이 국정 현안을 질문하고 행정부처가 답변하는 일본의 행정 절차. 통상 국회의원은 국회 답변 전날 질문을 사전 송부하고 행정부처는 해당 질문을 보고 미리 답변을 준비한다.

는 말에도 일리는 있습니다. 하지만 아무리 그래도 행정
관이 준비한 답변을 토씨 하나 바꾸지 않고 읽어 내려가
서야……. 심지어는 몇 번을 되묻는데도 같은 답변만 반
복하기도 합니다.

Q 사람들 마음에 감흥이 일 리가 없죠.

A 그런 정치인은 TV 출연을 해도 시청률이 잘 나오지 않습
니다. TV 프로그램에서 즐겨 섭외하는 정치인은 자기 말
로 이야기하는 사람이에요. 물론 행정관이 쓴 답변만 되
풀이하는 정치인에게 시청률이나 섭외 같은 건 딱히 중
요하지 않을지도 모릅니다. 말실수 없이 철벽 방어를 해
내는 정치인들이 끝까지 살아남아 권력을 쟁취하는 일은
허다합니다.

Q 회사 조직과도 일맥상통하는 부분이 있네요. 그럼 선생님도
고타니 씨처럼 게스트의 대본을 빼앗나요?

A 아하하. 아니요. 저는 고타니 씨처럼 배짱 좋은 사람이 아
니라서요. "아래를 보지 마시고 제가 있는 쪽을 보면서
이야기해 주세요" 하고 부드럽게 부탁하는 정도랄까요.

TV에서 '3의 법칙' 사용은 금물

Q 아무래도 TV 생방송이면 우리가 알고 있는 상식과 다른 부분
   도 있을 것 같은데 어떤가요?

A '3의 법칙'이라는 프레젠테이션 기법이 있습니다. "포인
   트는 세 가지입니다" 하고 운을 뗀 뒤 각 항목을 순서대
   로 설명해 나가는 방법인데요. 업무 현장에서는 청중의
   귀를 효과적으로 사로잡는 방법으로 널리 알려져 있지만
   TV 생방송에서는 사용 금물입니다.

Q 사용 금물이라고요? 어째서죠?

A TV 생방송에서는 일분일초를 다투기 때문입니다. 게스
   트가 "포인트는 세 가지입니다" 하고 운을 떼면 진행자
   는 세 번째 항목이 끝날 때까지 이야기를 들을 수밖에 없
   습니다. 그러지 않으면 시청자가 찜찜해해요. 특히 방송
   종료 시각은 다가오고 진행은 지체된 상황에서 게스트
   가 '세 가지'를 언급하면 진행자는 가슴이 철렁 내려앉습
   니다.

Q 웃는 게 웃는 게 아니겠군요.

A 네. 게스트는 듣지 못하겠지만 진행자는 귀에 꽂힌 인이어를 통해 방송 시간을 관리하는 스태프의 아우성을 듣습니다. 진행자로서 희망 사항을 말씀드리면 3의 법칙을 사용할 때는 세 번째 항목까지 한 번에, 간결하게 설명하시기 바랍니다. 시간 관계상 설명이 다 방송되지 못하면 시청자로부터 항의가 들어오기도 합니다. 그렇다고 시간 안에 세 번째 항목까지 모두 들으려고 이야기를 재촉하면 이번에는 게스트 발언 도중에 끼어들었다고 항의가 들어오지요.

Q 세상에……. 생방송 시간 관리, 정말 만만치 않은 일이네요. "포인트는 세 가지입니다" 하고 설명을 시작하면 무척 논리정연한 인상을 주기 때문에 많은 사람이 강연이나 프레젠테이션에서 즐겨 쓰는 방법인데 때에 따라서는 독이 될 수도 있겠군요.

A 그렇죠. 저도 가끔 일반 청중을 대상으로 강연이나 대학교 강의를 할 때가 있는데요. 그때는 3의 법칙을 사용하기도 합니다. 손가락 세 개를 쫙 펴고 "포인트는 세 가지입니다" 하면 신기하게도 강연을 듣던 분들이 메모를 하기 시작하죠.

하지만 TV 생방송처럼 시간이 제한된 상황에서는 사용

하지 않는 편이 좋습니다. 강연장에 앉아 있는 청중은 강연자의 이야기를 듣기 위해 찾아온 사람들이지만 TV 시청자는 불특정 다수입니다. 게스트의 이야기를 듣기 위해 방송을 보고 있다고 단언할 수 없습니다.

Q 생방송이 아닌 녹화 방송이라면 나중에 편집하면 되니까 3의 법칙을 써도 괜찮지 않을까요?

A 맞습니다. 다만 세 가지를 다 설명해도 틀림없이 짧게 편집될 겁니다. 말이 편집되면 원래 말하고자 했던 의도와 달라질 수 있으니 하고 싶은 말은 하나로 간추리기를 추천합니다. 생방송이든 녹화 방송이든 TV에서는 기본적으로 짧고 분명하게 말해야 합니다.

2분 이상 이야기하는 사람은 불러주지 않는다

Q 말을 길게 하는 사람은 TV와 궁합이 맞지 않겠는데요?

A 네. 그다지 반기지 않습니다. 질문 하나에 2분 이상 이야기하는 사람은 머지않아 섭외가 끊길 확률이 높습니다. TV 프로듀서들이 선호하는 게스트는 '개런티가 싸고' '스튜디오 근처에 살며' '말을 짧게 하는' 사람입니다.

Q 앗, 관계자만 할 수 있는 리얼한 이야기네요. 스튜디오 근처에 사는 사람을 선호하는 이유는 교통비가 많이 들지 않아서겠죠?

A 예전의 호시절과 비교하면 요즘은 어느 방송국 할 것 없이 빠듯합니다. TV를 보다 게스트가 줌(Zoom) 같은 화상 통화 서비스를 이용해 출연하는 일이 많아졌다고 느낀 적 없나요? 게스트가 원격으로 출연하면 프로그램에는 두 가지 이점이 있습니다. 하나는 먼 곳에 거주하거나 업무차 해외에 머물고 있는 사람도 간단히 출연시킬 수 있다는 점입니다. 다른 하나는 비용 절감입니다. 게스트

가 굳이 스튜디오를 방문하지 않아도 프로그램을 완성할 수 있다는 사실을 코로나 팬데믹을 거치며 깨달은 셈이지요.

Q 요즘 방송국들의 주머니 사정이 그다지 넉넉하지 않군요….
A 한편 말을 짧게 하는 사람은 시간 관리 측면에서 방송국에 도움이 됩니다. 일본의 공영 방송사인 NHK는 특히 시간 관리가 까다로운데요. 민영 방송사에 비해 리허설이 잦아 남은 시간을 살펴 가며 말해야 하는 경우가 많다고 합니다.

TV 프로그램은 계주 시합과
닮은 구석이 있다

Q 조금 전에 TV 시청률 이야기가 잠깐 나왔어요. '긴 이야기'가 시청률에 악영향을 끼친다고 하는데 객관적인 증거가 있나요?

A 수치로 확실하게 드러납니다. 방송국에서는 방송 다음 날 아침, 프로그램 관계자들에게 시청률 추이 그래프를 메일로 보내줍니다. 그래프를 보면 어느 장면에서 시청률이 떨어지고 올라갔는지 일목요연하게 알 수 있습니다. 방송 중에 누군가 장황하게 이야기를 늘어놓으면 그래프는 여지없이 우하향 곡선을 그립니다.

Q 내 발언의 호불호가 그래프로 나타나다니…. 잔인하네요.

A 고통스럽지요. 지금까지 잘 아는 척 말씀드렸습니다만 사실 이 문제는 저의 당면과제이기도 합니다.

가령 현재 <월드 비즈니스 새틀라이트>에서 저는 평균 3건 정도의 뉴스를 해설하고 있습니다. 주어진 시간은 1~2분 정도고요. 다음 날 아침 시청률 추이에서 제 해설

도중에 그래프가 급락할 때가 있습니다. 이럴 때는 죄책
감이 듭니다.

Q "내가 시청률을 떨어뜨렸구나" 하고요?

A 네. TV 프로그램은 계주 시합과 닮은 구석이 있습니다.
한 코너에서 떨어진 시청률을 다음 코너가 그대로 이어
받습니다.

Q 아무리 좋은 콘텐츠라도 앞서 방송된 콘텐츠의 평가에 끌려
다닐 수밖에 없겠군요.

A 계주 시합에서 첫 주자는 TV 중계에 잡히지만 순위에서
밀려나 버리면 이후의 주자들은 딱히 주목받지 못합니
다. TV 프로그램도 마찬가지입니다. 본인의 코너에서 시
청률이 떨어지면 뒤 코너를 담당하는 사람에게 누를 끼
칩니다.

Q 정말 배턴을 넘기며 이어가는 레이스 같네요. 본인 코너에서
시청률이 떨어질 것 같을 때는 메일을 받기 전에 느낌이 오
나요?

A 어렴풋이 '오늘은 틀렸는데' 하는 예감이 들 때가 있습니
다. 반면 '오늘은 좀 잘 나오겠다' 싶었는데 아닐 때도 있
어요. 물론 다른 방송국이 동 시간대에 편성한 인기 프로

그램이 방송을 시작하면서 시청자를 뺏기기도 하지만 어쨌든 제가 준비한 콘텐츠가 기대만큼 시청자의 마음을 사로잡지 못했다는 사실에는 변함이 없지요.

본인의 이야기가 흥미로웠는지 아닌지가 그래프로 나타난다는 점에서 TV는 정말 비정한 매체라 하겠습니다.

'한마디로 말해서'라더니 한마디가 아니었다

Q '말을 길게 하는 사람'은 구체적으로 어떤 사람인가요?

A 요점을 콕 짚지 않고 에둘러 말하는 사람입니다. 서두가 길고 주석이 많으며 주장하는 바가 불분명해 주변 사람들이 속을 끓입니다.

Q 의외로 당사자는 눈치채지 못하고 있는 경우도 많더라고요.

A '한마디로 말해서'라고 시작하고선 다음에 오는 말이 한마디가 아닌 분들이 종종 있습니다. '한마디'라고 운을 뗐으니 한마디로 정리해야겠지요. 그 밖에도 '요약하자면'이라고 운을 떼고 요약하지 않는 사람, '사실은'이라고 운을 떼고 뻔한 이야기를 하는 사람도 있죠.

Q 와, 너무 공감돼요! '요약하자면'이나 '사실은'이 그냥 말버릇인 분들이 있어요.

A TV 프로그램에서는 상대방이 도중에 쉽게 끼어들 수 있도록 말하는 것도 좋은 방법입니다. 한꺼번에 전부 말하

려 하지 말고 처음에 하고 싶은 말을 30초 정도 하고 잠깐 틈을 열어둡니다. 이때 진행자가 질문하면 다시 이야기를 풀어놓고요. 이 정도 템포가 딱 좋습니다. 게스트 중에도 이야기 중간에 끼어들기가 힘든 분들이 있습니다.

Q 말하는 도중에 마침표를 찍지 않는 분들 말이죠?

A 맞아요. 마침표 없이 곧장 다음 이야기로 넘어갑니다. 억양이 단조로운 탓에 문장의 끝을 알기 어려워 진행자가 비집고 들어갈 틈이 없습니다. 억지로 끼어들면 시청자분들한테 꾸지람을 듣고요. "게스트가 말하는 도중에 끊지 마세요" 하고.

Q 이야기가 길어져서 싫증 내는 시청자가 있는 반면에 계속 듣고 싶어 하는 시청자도 있군요. 결국 어떻게 해도 비난을 면치 못하겠어요. 이럴 때는 어떻게 하시나요?

A 분위기를 살펴 가며 어떻게 할지 판단하는 수밖에 없습니다. 하지만 이야기가 지나치게 길어지면 대체로 중간에 끼어듭니다.
   게스트가 여러 명일 때 진행자는 모든 게스트에게 발언권이 골고루 돌아가도록 조율하는 데 신경을 씁니다. 한 사람의 이야기가 너무 길어 다른 사람이 불만을 품지 않도록 말이죠. 실제로 "그 사람과 함께라면 나는 출연하

지 않겠다" 하고 특정 게스트와의 동반 출연을 기피하는
일은 비일비재합니다.

Q 아, 일본 드라마 제작 현장에서 종종 볼 수 있다는 '동반 출연
거부'군요.

A 네. 비단 드라마 현장의 배우들 사이에서만 일어나는 일
이 아닙니다. 보도 프로그램에 출연하는 전문가들 사이
에도 궁합이 있습니다. 특히 게스트들이 가장 꺼리는 사
람은 길게 말하는 사람입니다.

Q 본인의 발언 시간을 뺏길 테니까요.

A 게다가 생방송에서는 호흡이 잘 맞아야 합니다. 한 사람
이 길게 이야기하면 호흡이 흐트러지고 말죠.

Q 글도 비슷해요. 글 전체에서 한 문장만 너무 길면 리듬이 깨
지거든요.

A 한 문단 안에서 첫 문장은 짧게, 두 번째 문장은 조금 더
길게, 세 번째 문장은 다시 조금 더 길게 쓰면 글의 리듬이
살아납니다. 이야기를 할 때도 마찬가지예요. 진행자와
게스트가 질문과 답변을 세 번 주고받는다고 했을 때 첫
번째 질문에 짧게 답변하면 리듬이 생깁니다.

Q 토크쇼에서도 게스트가 처음부터 길게 이야기하면 좀 지루하게 느껴져요.

A 처음에 게스트 소개를 겸해 오프닝 토크로 가벼운 질문을 던지곤 하는데 이때는 짧게 답변해야 합니다. TV에 자주 출연하는 분들은 오프닝 토크에서 대체로 짧게 답합니다. TV 출연이 익숙지 않은 분들은 처음부터 전력 질주하고요.

Q 나중을 위해 아껴 두었으면 하는 내용까지 한꺼번에 말해 버리는군요.

A 그렇습니다. 그리고 여러 게스트와 함께하는 자리에서는 첫 발언자가 길게 말하면 다음 사람도 길게 말하는 경향이 있습니다. 다들 '이래서는 내가 말할 시간이 없겠는데?' 하고 초조해하죠.
방송 중에 그런 일이 일어날 듯한 예감이 들면 첫 질문에는 짧게 답해 달라고 사전 회의에서 미리 부탁해 둡니다.

2

Life

의사소통 기술은
인생을 드라마틱하게
변화시킨다

상사보다 말이 긴 사람은 출세하지 못한다

Q 1장에서는 주로 TV 프로그램 속 말하기 기술에 관해 이야기를 나눠 봤어요. 근데 길게 말하는 사람을 꺼리는 건 직장이든 사석이든 어디나 매한가지 같아요.

A 맞습니다. 저는 상사보다 말이 긴 사람이 나중에 출세하는 경우를 거의 보지 못했습니다. 너그러운 상사를 만난 극소수의 행운아 중에는 예외도 있겠지만요.

Q 듣고 보니 그러네요. 상사의 말을 가만히 듣고 있을 때가 많죠.

A 사람들은 상대방이 자신을 이해해 주기를 바랍니다. 본인이 한 일에는 좋은 평가를 받고 싶어 하고 실패한 일에는 변명하고 싶어 하죠. 그러니 무슨 말을 하든 결국에는 자기 이야기가 되기 십상입니다. 하지만 늘 관심에 목마른 나르시시스트 유형은 대체로 조직에서 환영받지 못합니다. 바쁜 상사가 직원의 변명이나 자화자찬을 듣고 싶어 할 리 없습니다.

Q 사석에서도 본인의 시시콜콜한 이야기를 길게 늘어놓는 사람이 있어요.

A 회식 자리에 네 명이 모이면 한 명 정도는 꼭 있죠. 이야기가 재미있다면 상관없겠지만 대부분은 전에도 들었던 푸념입니다. 심지어 그런 분들은 일기를 낭독하듯 시간 순서대로 말하려는 경향이 있기 때문에 이야기에 끝이 보이지 않습니다. 나머지 세 사람은 꾹 참고 끈기 있게 이야기를 들어 주거나 아니면 '또 시작이군' 하고 슬금슬금 스마트폰을 꺼내 들겠지요.

Q 맞장구를 치고는 있지만 사실은 듣는 척만 하는 셈이군요.

사람들은 남의 말을
끝까지 들어 주지 않는다

A   TV에 출연하기 시작하면서 뼈저리게 깨우친 사실은 '사
람들은 남의 말을 끝까지 들어 주지 않는다'라는 것이었
습니다. 고작 1분이더라도 지루하다고 생각되면 묻지도
따지지도 않고 채널을 돌려 버립니다. 덕분에 깨달았습
니다. 일상적인 대화에서도 이야기가 재미없으면 사람들
은 그저 듣는 척을 할 뿐이라는 사실을요.

Q   원론적인 질문인데요. 사람들은 왜 남의 말을 끝까지 듣지
않는 걸까요? 예전보다 더 심해진 것 같기도 하고요.

A   저도 동의합니다. 요즘 '시성비', 그러니까 '시간 대비 성
능'이라는 말들을 많이 하잖아요. 그만큼 사람들이 시간
을 효율적으로 쓰고 싶어 합니다. 유튜브나 틱톡 같은 숏
폼 콘텐츠가 전형적인 예라고 볼 수 있는데요. 재미가 없
으면 2~3초 만에 다음 콘텐츠로 넘겨 버립니다.

Q   저 역시 콘텐츠를 만드는 사람이라 그런지 전철에서 옆자

리 앉은 사람이 화면을 휙휙 넘기고 있으면 왠지 좀 서글퍼져요. 공들여 만든 콘텐츠가 찰나에 평가받고 버려지는 듯한 기분이 들거든요.

A 만드는 사람은 서글플 수 있죠. 스마트폰의 보급이 큰 영향을 미쳤다고 봅니다. 어디에나 콘텐츠가 넘쳐나니 다들 '굳이 이게 아니라도 볼 만한 콘텐츠는 얼마든지 있어' 하고 생각하는 거죠.

실은 저도 유튜브는 손가락으로 휙휙 넘겨 가며 봅니다. 그러니 시청자들이 제 이야기를 1분도 들어 주지 않는다는 한탄은 몽니를 부리는 일일지도 모르겠네요.

의사소통 기술은 평생 필요하다

Q 이야기를 들어 보니 길게 말하는 습관은 사는 데 아무런 도
   움이 되지 않겠는걸요?

A 제가 이 책에서 하고 싶은 말이 바로 그겁니다. 직장이든
   사석이든 커뮤니케이션을 바탕으로 성립됩니다. 아울러
   두서없는 말을 길게 늘어놓는 사람은 인생에서 상당한
   손실을 본다는 사실을 명심해야 합니다. 의사소통 능력
   의 유무에 따라 인생은 크게 달라집니다. 뒷장에서 더 자
   세히 설명하겠지만 듣기 능력과 쓰기 능력이 부족한 사
   람 역시 손해를 볼 수밖에 없습니다.

Q 커뮤니케이션 능력은 직장에서든 사석에서든 평생을 따라다
   니니까요.

A 인생에 드라마틱한 변화를 가져다주는 도구라고 해도
   과언이 아닙니다. 일본에서 대학 졸업 후 정년을 맞을 때
   까지 줄곧 같은 회사에 다니는 사람의 비율은 남성이 약
   30%, 여성이 약 6%입니다. 바꿔 말해 대부분은 정년이

다가오기 전에 한 번 이상 이직을 경험합니다.

그리고 지금 다니는 회사에서 갈고닦은 전문성이나 기술이 다른 회사에서도 통한다는 보장은 없습니다. 반면 커뮤니케이션 능력은 어디를 가든 필요합니다. 의사소통 기술은 평생 필요한 스킬이라고 봐도 무방하지요.

Q 고쳐야 할 부분은 가능한 한 빨리 고치는 편이 좋겠네요.

A 빠르면 빠를수록 좋습니다. 그래야 남은 시간 동안 활용할 수 있을 테니까요. 나이를 먹을수록 몸에 밴 습관을 바꾸기가 쉽지 않기도 하고요.

Q 보통은 첫 직장을 구할 때 본인의 커뮤니케이션 스타일을 처음으로 진지하게 고민하지요. 면접 보는 족족 불합격 통보를 받아 괴로워하는 분들도 많고요.

A 사람들은 대체로 학생과 사회인의 차이를 명확하게 인식하지 못합니다.

학생일 때는 기본적으로 마음이 맞는 사람들이랑만 어울리면 됩니다. 내 이야기가 길어져도 끈기 있게 들어 주는 부모님, 형제자매, 친구, 선생님 등과 교류하며 살아갑니다. 따라서 본인의 커뮤니케이션 스타일에 문제가 있어도 그다지 신경 쓰지 않아도 됩니다. 하지만 취업 전선에 뛰어드는 순간 이야기는 완전히 달라집니다. 면접

관은 전도유망한 인재를 선별해 내기 위해 지원자들의
이야기를 듣습니다.

구직 활동의 수수께끼, '불분명한 평가 기준'

Q 면접관들은 겉으로는 웃으며 이야기를 듣고 있지만 속으로 는 평가를 내리고 있지요.

A 그리고 몇 번이나 불합격을 통보받습니다. 구직 활동이 어려운 이유는 합격 · 불합격의 판정 기준을 분명하게 알 수 없다는 데 있습니다.

학생 시절에는 시험 점수라는 명확한 평가 기준이 있습 니다. 어떻게 보면 공명정대하지요. 하지만 면접은 평가 기준이 불분명합니다. 불합격 통보를 받은 학생 대부분 이 이유를 몰라 고뇌합니다.

Q 서류 심사를 통과하고 면접 전형까지 올라갔으니 아마도 면 접에서 주고받은 대화가 불합격 이유 중 하나겠죠. 하지만 구체적으로 어디가 문제였는지 알 수가 없어요.

A 회사가 불합격을 통보할 때는 '인연이 있다면 언젠가 같 이 일하자'라는 식의 모호한 표현을 사용합니다. 이래서 는 궁금증만 더할 뿐 어떤 점을 고쳐야 할지 알 수가 없

어요. 특히 지금까지 본인의 이야기를 끈기 있게 잘 들어주는 사람들에게 둘러싸여 살았던 사람일수록 자신의 문제를 객관적으로 파악하기 힘듭니다.

Q 신입사원도 마찬가지예요. 아무리 학벌이 좋고 우수한 성적으로 입사해도 회사에 들어가면 평가 기준이 달라지지요.

A '이럴 리가 없는데' 하고 괴로워하는 사람이 생기죠. 인간은 자신을 후하게 평가하는 경향이 있습니다. 그러나 사회인이 되면 자신이 아니라 상사나 고객의 평가를 받습니다. 그리고 어떤 상사를 만날지는 아무도 모릅니다.

Q 운 나쁘게 가혹한 상사 아래로 들어가면 하루하루가 고뇌의 연속이지요.

A 그럴 때는 부서 이동을 신청해 보는 방법도 있습니다. 그래도 견디기 어렵다면 이직도 한 가지 선택지겠고요. 하지만 앞에서도 언급했듯 커뮤니케이션 능력은 어느 조직에 들어가든 꼭 필요합니다. 직장을 바꾼다고 해서 근본적인 문제가 해결되지는 않습니다.

소질보다 중요한 경험

Q 커뮤니케이션이 서툰 사람은 사람들과의 대화는 되도록 피하고 싶어 하죠. 말하기에 자신 없는 사람이 자신감을 키우려면 어떻게 해야 할까요?

A 많은 사람이 커뮤니케이션 능력을 근본부터 잘못 이해하고 있다는 생각이 듭니다. 혹시 커뮤니케이션 능력이 뛰어난 사람이란 만사에 자신만만하고 수다스러운 사람이라고 생각하나요?

Q 어라? 아닌가요?

A 그러면 결국 '나는 못해' 하고 자포자기하게 됩니다. TV 프로그램에서는 말이 긴 사람을 꺼린다, 상사보다 길게 말하는 사람치고 출세하는 사람 없다……. 앞에서 함께 나눈 이야기를 떠올려 보시기 바랍니다. 어떤 주제든 술술 이야기를 풀어내는 사람이라고 해서 반드시 커뮤니케이션의 달인이라고 할 수는 없습니다. 평소 과묵하고 말재주는 없지만 주변에서 호평을 받고 뛰어난 업무 성

과를 내는 사람은 무수히 많습니다. 면접에서도 어떤 질문이든 청산유수로 답변한다고 해서 반드시 채용되지는 않습니다.

커뮤니케이션 능력은 타고나는 것이 아니라 경험을 통해 기르는 것입니다. 오히려 문제는 스스로를 커뮤니케이션 능력이 부족한 사람이라 단정하고 경험치를 쌓으려는 노력조차 하지 않는 태도입니다.

Q 대화를 피하다 보니 커뮤니케이션 능력을 기를 기회가 더 줄어드는군요.

A 그렇습니다. 사람들과 교류하는 시간이 줄면 커뮤니케이션 기술을 연마할 기회를 잃고 말아요. 경험이 부족하니 더 자신감을 잃고 대화를 피하려 하죠. 대화를 피하는 태도가 자신을 더욱 궁지로 몹니다.

자신 없는 건 누구나 마찬가지

Q 애써 용기 내 대화를 시작하지만 이야기를 나누다 보면 '내 이야기가 지루한 건 아닐까?', '중간에 대화가 끊기면 어떡하지?' 하고 불안해져요.

A 불안감은 당연히 있습니다. 커뮤니케이션에서는 경험이 중요한 만큼 젊고 어릴 때는 특히 불안감을 느끼는 일이 많습니다.

나뿐만 아니라 주변 모두가 같은 고민을 품고 있다면 한시라도 빨리 '도망치는 습관'에서 벗어나 여러 사람과 대화하면서 경험치를 쌓아 나가는 편이 이득 아닐까요? 그런 의미에서 대화하는 데 딱히 자신감은 필요 없습니다.

Q 특별히 자신이 없다기보다는 그저 대화가 귀찮아서 피하는 사람도 있잖아요.

A 그런 분들도 있죠. 모르는 사람과 이야기 나누는 일은 스트레스를 동반합니다. 스트레스 상황은 되도록 피하고 싶죠.

SNS와 메일의 보급 덕분에 요즘은 굳이 얼굴을 마주하지 않아도 커뮤니케이션을 할 수 있습니다. 그렇다고 해서 대면 커뮤니케이션을 피하는 건 무척 위험한 일입니다.

Q 위험하다고요? 어째서죠?

A 뒤에서도 언급하겠습니다만 말을 할 때 언어로 전달되는 정보는 극히 일부에 지나지 않습니다. 정보는 언어에 더해 표정, 몸짓, 음색 등을 통해 오감으로 전달되지요. SNS 등에 지나치게 의존하면 오감을 통한 의사소통 기술을 익힐 수 없습니다. SNS를 통한 대화는 인생에서 극히 일부의 상황에서만 통용된다는 사실을 명심해야 합니다.

Q 역시 대면 커뮤니케이션 능력을 길러야 직장에서든 사석에서든 일이 술술 풀리겠군요?

A 그렇습니다. 조금 자신이 없더라도, 귀찮게 느껴지더라도 마음을 다잡고 의사소통 기술을 갈고닦아야 합니다. 커뮤니케이션 능력 부족으로 직장에서, 친구 관계에, 연인 사이에 문제가 일어나서는 안 되겠지요.

잘하는 사람 따라 하기

Q 이야기를 듣고 나니 의사소통 기술을 연마하는 일이 얼마나 중요한지 알 것 같아요.

A 악기 연주나 운동이라면 연습에 연습을 거듭하는 사람들이 희한하게도 의사소통 기술을 갈고닦는 공부나 훈련은 딱히 하지 않습니다. 인생의 우선순위를 따져 봤을 때도 그다지 합리적이지는 않지요.

Q 정말 그래요. 악기를 배우는 사람은 동경하는 아티스트의 연주를, 운동을 즐기는 사람은 좋아하는 선수의 플레이를 보며 따라 하려고 해요. 반면에 의사소통 기술을 갈고닦기 위해 연습한다는 사람은 본 적이 없어요.

A 말솜씨 좋은 TV 속 인물이나 평소 존경하는 직장 상사가 어떻게 말하는지만 연구해 봐도 깨닫는 바가 있습니다. 하지만 실제로 그들을 연구하고 따라 해 본 사람은 의외로 적습니다.

   말하기뿐만 아니라 듣기나 쓰기도 마찬가지입니다. 여유

시간이 있을 때 꼭 한번 말하기, 듣기, 쓰기 연습을 해 보시기 바랍니다. 지금까지 연습한 적이 없었던 만큼 개선될 여지도 충분히 있습니다.

3

Simple

짧게 말하는 법

말이 긴 사람과 TV 리모컨의 공통점

Q 의사소통 능력이 중요하다는 말도, 이야기를 장황하게 늘어
놓으면 손해 볼 일이 많다는 말도 이제는 이해가 돼요. 하지
만 당장 말을 짧게 하려고 해도 마음처럼 쉽게 바뀌지는 않
아요. 이럴 땐 어떻게 해야 할까요?

A 먼저 생각을 바꾸어야 합니다. 전부 말하려 할수록 상대
방에게 전달되는 메시지가 줄어든다는 사실을 명심하기
바랍니다. 말하고자 하는 내용이 말의 양에 묻히고 말아
요. 마치 TV 리모컨처럼요.

Q 네? 리모컨이요?

A 수많은 버튼으로 뒤덮인 일본의 TV 리모컨은 일본 제조
기업이 지닌 약점을 고스란히 보여 줍니다. 개발 단계에
서는 여러 가지 의견을 반영해 잇달아 기능을 추가하지
만 불필요한 기능에 관해서는 누구도 의견을 내지 않습
니다. 나중에 사용자 건의 사항이나 불만이 접수되었을
때 책임지고 싶지 않기 때문입니다.

결과적으로 버튼 수가 점점 늘어납니다. 하지만 TV를 볼 때 그중 몇 개나 사용할까요? 평소 자주 쓰는 버튼은 겨우 다섯 개 정도일 겁니다. 비용을 들여 수량을 늘리지만 결국 평소 쓰는 버튼의 위치만 찾기 어려워질 뿐입니다.

Q 아, 대화를 할 때도 말을 많이 하면 결국 제일 하고 싶은 말이 묻혀 상대에게 전달되지 못하는군요.

A 맞습니다. 말이 길다는 건 그만큼 전하고 싶은 메시지가 있다는 뜻이겠지요. 하지만 마음과 달리 현실에서는 말이 길어질수록 상대에게 전달되는 메시지가 줄어듭니다. 일단은 이 사실을 깨달아야 합니다.

Q 상대방이 잘 이해하기를 바라는 마음에 보태는 설명이 오히려 이해를 방해하는군요.

A 예를 들어 고객 서비스센터 같은 곳에 감정이 격앙되어 장황하게 클레임하는 분들이 있습니다. 하지만 창구 담당자의 관심사는 클레임 내용이지 감정 섞인 신세 한탄이 아닙니다. 일단 듣는 척은 하겠지만요.

Q 결국 말이 길고 장황한 사람일수록 적절한 대처와 서비스를 받지 못하겠네요.

반으로 줄이면 뜻이 통한다

A   저 역시 TV에 출연하기 시작한 뒤에야 사람들이 긴 이야 기를 들어 주지 않는다는 사실을 깨달았습니다.

     <월드 비즈니스 새틀라이트>에서 뉴스 해설을 하다 보면 가끔 시간 관계상 2분 분량의 멘트를 절반으로 줄여야 할 때가 있습니다. 처음에는 '1분으로는 내가 하고 싶은 말을 다 못 할 텐데' 하고 내심 낙담했습니다.

Q   저라도 그럴 것 같아요.

A   하지만 현실은 달랐습니다. 오히려 멘트를 절반으로 줄였을 때가 시청자 반응이 더 좋았습니다. 분량을 절반으로 줄이기 위해 정말 하고 싶은 말만 넣다 보니 멘트가 군더더기 없이 간결해졌고 시청률도 유지되었습니다.

Q   메시지가 오히려 명료해졌군요.

A   불필요한 리모컨 버튼을 만들어 넣듯, 말할 시간이 길게 주어질수록 누구도 원치 않는 요소를 집어넣고 말겠

지요.

이를테면 발언이 틀렸을 때를 대비해 무의식적으로 보험처럼 "제 생각은 이러이러하지만 누군가는 이렇게 말하더군요" 하고 반대쪽 의견까지 나란히 소개합니다. 아니면 "~입니다" 하고 끝내면 될 부분을 "~라고 생각합니다"라거나 "~일 수 있습니다" 하고 여지를 남깁니다.

Q 그러면 원래 전하려던 메시지까지 불분명해지겠는데요?

A 네. 생방송 도중에 멘트를 반으로 줄여 달라는 요청을 받으면 생각할 여유가 그다지 많지 않습니다. 장황하거나 굳이 말할 필요 없는 부분을 그 자리에서 삭제합니다. 그러다 보면 오히려 메시지가 명료해지지요.

저 나름대로는 균형 잡힌 관점을 위해 필요하다고 생각했던 부분이지만 급한 불을 끄기 위해 잘라내고 나니 오히려 시청자가 듣기에 딱 좋았던 겁니다.

Q 그럼 짧게 발언해 달라는 요청을 받았을 때는 오히려 적극적으로 수용하는 편이 좋나요?

A 네. <월드 비즈니스 새틀라이트>에서 그런 일을 겪고 난 뒤에는 제작진이 생방송 도중 시간에 쫓겨 곤란한 표정을 짓고 있으면 제가 먼저 "오늘 멘트 반으로 줄일 수 있습니다"라거나 "이 부분 잘라낼까요?" 하고 의견을 냅니다.

Q 제작진도 고마워하겠는데요? 하지만 선생님이 이런 경험을
  하실 정도면 보통 사람들은 자신의 생각보다 훨씬 더 장황하
  게 이야기를 하고 있다고 봐야겠군요.

스티브 잡스의 프레젠테이션
비법은 '선'

A '프레젠테이션의 달인'이라고 하면 애플의 창업자 스티브 잡스가 떠오릅니다. 많은 이가 다양한 각도에서 스티브 잡스의 프레젠테이션 비법을 분석하지만 저는 '줄이기'에 비밀이 있다고 생각합니다.

스티브 잡스는 불교의 '선' 사상에 영향을 받은 인물로 알려져 있습니다. 선의 한자 '禪'은 보일시 변(礻)에 '단순하다' 할 때의 단(單)을 붙여 씁니다. 즉, 선의 경지란 복잡한 것을 단순하게 풀어서 이해하는 것입니다.

Q 확실히 애플이 만든 제품의 디자인을 보면 불필요한 부분을 극단적으로 줄여 기능적이면서도 아름답다는 생각이 들어요.

A 프레젠테이션도 마찬가지입니다. 불필요한 요소는 줄이고 중요한 내용만 이야기하죠. 스티브 잡스가 하는 말이나 스크린에 띄운 슬라이드는 무척 단순합니다. 너저분하게 채워 넣지 않는 한편 중요한 문장은 반복해서 보여주지요.

Q 욕심을 부려 이것저것 넣어서는 안 된다는 말이네요. 말을 보태기보다는 덜어내는 데서 스티브 잡스의 진가가 나타나는군요.

A 침묵을 효과적으로 이용한다는 특징도 있습니다. "사실은", "그리고 한 가지 더" 하고 운을 뗀 뒤 약간 뜸을 들여 청중의 주의를 환기합니다. 그런 다음 감춰 두었던 신제품이나 새로운 기능을 소개하지요.

Q 청중의 입에서 "오!" 하고 탄성이 터져 나오도록 의도적으로 연출한 셈이네요.

A 맞아요. 스티브 잡스는 사람들의 뇌리에 남는 문구를 만들어 내는 데 특출났습니다. 어차피 청중은 모든 내용을 구구절절 기억하지는 못합니다. 시간이 지나서 머릿속에 남는 건 결국 문구 몇 줄뿐이라는 사실을 스티브 잡스는 잘 알고 있었습니다.

Q 예를 들면 어떤 문구가 있나요?

A 아이팟이 탄생했을 때 스티브 잡스는 "이 기기로 주머니 속에 1,000곡의 음악을 넣고 다닐 수 있다"라고 표현했습니다. 저를 비롯해 프레젠테이션을 듣고 있던 청중은 그 순간 아이팟을 들고 다니며 좋아하는 음악을 듣는 자신의 모습을 상상했습니다. 시간이 지나면 결국 그런 인

상적인 문구만이 사람들의 기억에 남습니다.

Q 흔히 처음부터 순서대로 말해야 상대방이 이해할 수 있으리라고 생각하는데 실은 그럴 필요가 없겠군요.

서론은 필요 없다

A 2장에서 설명해 드린 대로 사람들은 원래 남의 이야기를 끝까지 듣지 않습니다. 시간 순서대로 말한다 한들 그다지 관심이 가지 않는 이야기라면 듣다 말고 딴생각을 하죠. 그러니 하고 싶은 말만 추려서 한 번에 말하는 편이 좋습니다. 특히 TV에서는 서론이 길면 안 됩니다. 본론으로 들어가는 데 한참 걸리는 분들은 TV와 궁합이 맞지 않는다고 봐야 합니다.

Q 화자가 말을 빙빙 돌리면 듣다가 스트레스가 쌓여요.

A 그런 분들은 처음에 전제 조건을 말해 두어야 이해하기가 쉽고 오해도 생기지 않는다고 생각합니다. 평소 논리적으로 사고하는 사람일수록 본인의 구성을 고집하는 경향이 있습니다. 하지만 긴 서론은 시청자의 속만 끓여 이야기를 이해하는 데 오히려 더 방해가 됩니다.

Q 맞아요. 이야기를 듣다가 어딘가에 꽂혀 버리면 그다음부터

는 내용이 제대로 머리에 들어오지 않아요.

A 그러므로 시간 순서대로 말하기를 포기하고 전제 조건을 생략해서라도 본론을 곧장 말하는 편이 좋습니다. 시청자의 뇌리에 남을 법한 문구를 빨리 던져 놓으세요. 말을 너무 줄였다고 걱정하지 않아도 됩니다. 이해하기 어려울 때는 진행자가 되물을 테니까요. 그때 답변하면 됩니다.

Q 진행자가 묻지 않으면 어떡하죠? 좀 걱정이 되는데요?

A 만일 진행자가 질문하지 않았다면 단 한 줄의 문구로도 충분히 메시지가 전달되었다는 뜻이겠지요. 아니면 안타깝게도 그다지 흥미로운 이야기가 아니었을 수도 있고요. 그럴 때는 미련 없이 이야기를 끝내시기 바랍니다.

Q 궁리 끝에 만들어 낸 회심의 문구였지만 기대만큼 사람들의 뇌리에 남지 않았다는 말씀이군요.

A 그렇습니다. 가장 피해야 할 행동은 이야기를 되돌리는 것입니다. 이야기의 주제가 바뀌고 바뀐 주제에 관한 의견을 물었건만 "말씀드리기 전에 아까 했던 말에 한마디 더 보태자면" 하고 흐름을 되돌리는 분들이 있는데요. 이런 행동은 하지 않는 편이 좋습니다. 생방송이라면 제작진을 적으로 돌리는 행위입니다. 정해진 진행 흐름이 틀어져 버리니까요.

분위기를 살피며 짧게 발언할 것

Q 이야기를 앞으로 되돌리는 건 생방송이라는 상황에 적절하지 못한 행동이군요. 하지만 프로그램 사정과는 별개로 조금 더 제대로 된 설명을 하고 싶을 수 있잖아요.

A 마음은 이해합니다. 하지만 이야기를 되돌려 설명을 보탠다 한들 이미 시청자의 관심은 다음 주제로 넘어가 있습니다. 생각만큼 시청자에게 전달되지 않아요. 오히려 '분위기 파악 못 하는 게스트'라는 이미지만 남습니다.

Q 이야기 흐름에 맞지 않는 발언은 듣는 사람에게 부정적인 이미지를 남기는군요.

A 연단에 서는 자리에서도 비슷한 예가 종종 있습니다. 앞 사람이 너무 길게 이야기하는 바람에 청중이 따분해할 때죠. 만약 본인의 차례가 와서 바로 이어 발언을 해야 한다면 어떻게 하시겠습니까? 준비한 대로 이야기해 나가겠다는 사람과 분위기를 봐서 짧게 마치겠다는 사람이 있다면 아마 박수갈채를 받는 쪽은 후자일 겁니다.

Q 하긴, '아직도 발표가 남았어?' 하고 싫증을 느낄 때 발표자
가 서둘러 발언을 마무리 지어 주면 무척 센스 있는 사람이
라고 생각할 것 같아요.

A 준비한 내용을 모두 보여 주지 못해 아쉬운 마음은 들겠
지만 영웅이 될 수 있다면 그것도 나름대로 괜찮지 않을
까요? 팀을 승리로 이끈 선수가 경기 직후 인터뷰를 한
다고 칩시다. 관객들은 선수에게 긴 설명을 바랄까요?
아마 함께 승리의 기쁨을 만끽할 수 있는 한마디를 기대
할 겁니다.

Q 그렇겠네요. 인터뷰에서 장황하게 이야기하는 선수는 분위
기 파악에 조금 더 신경 쓸 필요가 있겠어요.

A 하고 싶은 말은 또 어딘가에서 할 기회가 생깁니다. 그때
를 기다립시다. 무릇 말이란 약간 부족하다 싶은 정도가
딱 좋습니다.

약간 부족하다 싶은 정도가
딱 좋은 법

Q 약간 부족하다 싶은 정도라…. 듣는 사람이 '조금 더 듣고 싶은데' 하고 아쉬운 마음이 들 때겠군요.

A 네. '도쿄 디즈니랜드' 같은 테마파크나 '돈키호테' 같은 할인 잡화점이 아주 좋은 예입니다. 마치 보물찾기를 하는 듯한 설렘을 주어 한 번 다녀와서는 전부를 봤다는 만족감이 들지 않지요. '아직 못 본 곳이 많아. 한 번 더 가고 싶어'라는 생각이 들도록 유도해 재방문객의 수를 늘리는 것이 이들의 마케팅 전략입니다.
이와 마찬가지로 듣는 사람이 포만감을 느낄 정도로 말을 하는 것은 좋은 전략이 아닙니다.

Q 식당이나 술집도 똑같아요. 아직 못 먹어 본 메뉴가 남아 있어야 다음에 또 오고 싶어지니까요. 듣는 사람이 '이 사람 이야기는 조금 더 들어보고 싶어. 언제 또 들어볼 기회가 있었으면 좋겠다' 하고 생각하는 편이 우리에게는 이득일지도 모르겠네요.

4

Digital

SNS 시대의
의사소통 기술

빈틈을 열어 두어야
이야깃거리가 된다

Q 앞 장에서 의사소통 기술의 첫걸음은 '짧게 말하기'라는 이
   야기를 나누어 봤는데요. TV 프로그램이 아닌 곳, 이를테면
   인터넷상에서도 마찬가지일까요?

A 그럼요. 인터넷상에서는 기존 매체보다 더 짧게 말해야 합
   니다. 마음을 울리는 짧은 문구일수록 SNS에서 인용되
   기가 더 쉽기 때문입니다. 긴 이야기는 인용할 때 요약해
   야 한다는 번거로움이 있습니다. 따라서 그대로 쓸 수 있
   는 문구일수록 SNS와 친화력이 더 좋습니다. SNS에서
   는 보통 캐치프레이즈처럼 짧은 표현, 순간적인 재치가
   번뜩이는 답변, 예상을 벗어난 데이터나 도표 등이 널리
   확산됩니다.

Q 아예 글자 수 제한이 있는 SNS도 많아요. 하지만 짧게 말하
   는 만큼 제대로 된 설명은 하기가 힘들죠.

A 맞습니다. 그런데 설명하려는 노력 대신 일부러 멘트를
   짧게 줄여 빈틈을 열어 두었을 때가 대체로 반응이 더 뜨

겁습니다. 잡지를 보며 자란 저로서는 참 신기하게 느껴지더군요.

<월드 비즈니스 새틀라이트>는 X(옛 트위터) 등을 통해 방송 중에 실시간으로 의견이 날아듭니다. 제 해설에도 누군가는 비판을, 또 누군가는 칭찬을 남기죠. 그런데 빈틈없이 전부 쏟아 넣은 해설일수록 반응이 적고 의견도 달리지 않습니다.

Q 빈틈이 적으면 시청자는 흥미를 못 느끼는 걸까요?

A 네. 이 점도 TV에 출연하기 시작하면서 깨달은 사실입니다. 이를테면 "나는 이렇게 생각하는데 이런 견해도 있다" 하고 반대쪽 주장을 함께 제시할 때보다 "나는 이렇게 생각한다" 하고 잘라 말할 때 더 많은 의견이 날아듭니다.

다만 이때는 "말 한번 시원하게 하네" 하고 주장을 명확하게 밝힌 점을 칭찬하는 의견이 있는가 하면 "사안의 한쪽 면만 살핀 해설이다"라거나 "더 공부해라" 하고 비판하는 의견도 있습니다.

Q 찬반 양쪽에서 모두 반응이 오는군요.

A 그렇죠. 저는 그것으로 충분하다고 생각합니다. 이쪽 세계에서는 좋은 일이든 나쁜 일이든 주목받는 게 최고니

까요. 최악의 상황은 아무런 의견도 달리지 않고 반응도
미미할 때죠.

무관심보다는 비판이 낫다

Q 아무리 그래도 비판하는 의견이 많으면 좀 무섭지 않나요?

A 물론 기분이 썩 좋지는 않습니다. 사람은 누구든 칭찬을
받고 싶어 합니다. '좋아요' 버튼을 많이 눌러 주길 바라
죠. 하지만 비판 의견보다 더 무서운 건 무관심입니다.

Q 인간관계에서도 관심을 받지 못하면 힘이 빠져요.

A 연인 관계에서도 다툴 때가 행복할 때고 대화가 사라지
면 끝날 때가 가까워졌다고들 하잖아요.

Q 상대방이 한마디도 못 하게끔 일방적으로 쏘아 대고 흡족해
하기보다는 빈틈을 열어 두고 반응을 유도하는 편이 더 낫다
는 뜻이군요.

A 네. TV도쿄에서는 방송이 끝난 뒤 가끔 '연장전'이라고
부르는 라이브 방송을 하는데 그때 저를 포함한 출연진
들은 채팅창에 올라오는 의견들을 가능한 한 많이 소개
하려고 노력합니다. 저희가 반응하니까 채팅창 역시 뜨

겁게 달아오르죠. 저 혼자 길게 이야기하는 것보다 채팅 창을 통해 소통하는 편이 일체감을 느낄 수 있습니다.

Q 라이브 방송을 보다 보면 채팅창이 저절로 달아올라 새로운 방향으로 이야기가 전개되기도 하더라고요.

A 예전에는 언론 매체 대부분이 일방적으로 전달하기만 했습니다. 하지만 지금은 쌍방향 소통의 시대입니다. 언론 매체의 기조에도 변화가 필요합니다.

내 발언이 기폭제가 되어 인터넷상에서 활발한 논의가 일어나기도 하는 만큼 사람들이 어떻게 받아들일지도 생각해야 합니다. 요즘에는 일부러 짧게 말해서 듣는 사람에게 해석의 여지를 남기는 것 역시 언론 매체의 역할 중 하나라는 생각이 듭니다.

Q 듣는 사람은 방송 내용뿐만 아니라 반대 의견을 제시하는 게 시글에도 영향을 받을 테니까요.

A 그리고 저희는 미처 알지 못했던 내용까지 깊이 있게 헤아린 시청자 의견 덕분에 배울 때도 많습니다. 익명성을 전제로 한 인터넷상의 정보에는 분명 옥석이 혼재하지만 때론 새로운 시각에 영감을 얻거나 자극을 받기도 합니다.

직접 말하기보다 사람들을
끌어들일 것

Q 요즘은 기업에서도 제품의 리뷰 내용이나 평점이 마케팅에 큰 영향을 주지요. 공식 보도 자료보다 실사용자의 별점을 보고 제품이나 서비스를 구매하는 사람도 많아졌고요.

A 의사소통 기술에도 같은 방법을 적용할 수 있습니다. 본인의 입으로 전부 말하기보다는 주변 사람들의 입을 빌려 말하는 편이 설득력이 있습니다. 능숙한 발표자나 강연자 역시 청중을 끌어들이며 이야기를 전개해 나갑니다.

Q 우리는 일방적인 자기주장만으로는 신뢰를 얻지 못하는 시대에 살고 있는지도 모르겠네요.

A 저도 같은 생각입니다. 기업에서도 특정 커뮤니티에서 입김이 센 인플루언서를 영입해 소비자의 구매 행동에 영향을 주는 마케팅 전략이 널리 사용되고 있습니다.
아울러 최근에는 제품 및 서비스의 탄생 배경이나 제조사의 신념 등을 이야기 형식으로 전달해 구매를 유도하는 '스토리텔링 마케팅'을 대신해 '내러티브 마케팅' 기법이 주목을 받고 있습니다.

Q 내러티브 마케팅이요?

A 네. 스토리든 내러티브든 우리말로는 모두 '이야기'라는 뜻이지만 뉘앙스가 조금 다릅니다. 스토리텔링 마케팅에서는 기업이 소비자들에게 전달하고자 하는 이야기가 처음부터 정해져 있습니다. 반면 내러티브 마케팅에서는 고객이나 프로슈머*와 함께 서사를 만들어 나갑니다.

Q 일방적으로 이야기를 전달한다는 이미지를 주지 않으려는 기업의 의도가 여기에서도 엿보이네요.

A 말하기 기술과 일맥상통하는 부분이 있지요. 처음부터 정해진 서사를 일방적으로 전달하면 사람들은 강요당하는 듯한 느낌을 받습니다. 요즘 시대에 더 적합한 의사소통 기술은 사람들과 합의를 이루며 한 방향으로 이끌어 가는 '끌어들이기 방식'이 아닐까 생각합니다.

---

* 생산에 직접적으로나 간접적으로 참여하는 소비자를 뜻하는 말.

알고리즘에 휘둘리지 말 것

Q 요즘 같은 SNS 시대에는 인터넷상에 범람하는 정보에 현혹되지 않는 것도 중요한 의사소통 능력이라고 생각해요.

A 특히 알고리즘에 휘둘리지 않도록 해야 합니다. 유튜브나 틱톡으로 대표되는 여러 온라인 동영상 플랫폼은 시청자의 시청 이력을 바탕으로 특정한 취향이나 관심사와 관련된 콘텐츠를 끊임없이 보여 줍니다.

평소에 재미 삼아 보는 정도라면 상관없지만 알고리즘을 통해 추천되는 콘텐츠가 세상 사람들의 보편적인 관심사라고 오해해 버리면 잘못된 판단을 내릴 수 있습니다. 최악의 경우 음모론에 빠지거나 사기에 휘말리고 맙니다.

Q 이른바 '반향실 효과'*군요. 최근에는 정치나 선거, 심지어 전쟁에서도 유리한 고지를 점하기 위해 가짜 뉴스나 거짓 정

---

* 자신의 신념과 일치하는 정보만 반복적으로 수용해 기존의 신념이 증폭·강화되는 현상.

보를 퍼뜨리는 행위가 끊임없이 일어나고 있어요.

A 챗지피티(ChatGPT)로 대표되는 AI의 보급으로 큰 힘을 들이지 않고도 가짜 뉴스를 대량으로 퍼뜨릴 수 있게 되었습니다. 익명의 존재가 기업이나 개인을 표적으로 삼을 우려가 커지고 있어요.

Q 가짜 뉴스에는 어떻게 대응해야 할까요?

A 가짜 뉴스 대응책의 기본은 '팩트 체크'입니다. 사실에 기반한 정보인지를 확인해 잘못된 부분을 바로잡는 거죠. 다만 한계도 존재합니다. 이미 한번 유포된 가짜 뉴스는 오류를 지적해 봤자 그다지 사람들의 관심을 받지 못합니다. 게다가 인터넷상에서는 본인이 믿고 싶은 정보만 믿는 경향이 강하기 때문에 잘못된 정보를 지적한다 한들 이미 퍼진 유언비어를 거두어들이기란 쉽지 않습니다.

눈에는 눈, 이에는 이, 내러티브에는 내러티브

Q 가짜 뉴스가 만만찮은 상대긴 하지만 속수무책으로 당하고 있을 수만은 없어요.

A 주목받고 있는 한 가지 대응 방법으로 '프리번킹(prebunking)'이 있습니다. 가짜 뉴스가 유포되기 전에 미리 수법을 폭로하는 방법이지요. 가령 전자금융사기와 관련해 많은 금융기관에서 "피싱 사이트에 속지 않도록 주의해 주시기 바랍니다" 하고 사용자들에게 주의를 당부하는 사례가 여기에 해당합니다. 프리번킹은 '정보의 백신'에 비유되기도 합니다.

Q 다시 말해 가짜 뉴스가 유포되기 전에 미리 고객의 면역력을 높여 피해를 최소화하는 방법이군요.

A 그렇습니다. 다만 이 방법은 피해를 예상할 수 있을 때만 유효합니다. 따라서 또 한 가지 방법으로 앞서 설명했던 내러티브를 이용한 대책이 최근 주목받고 있습니다.
이를테면 유언비어로 피해를 본 기업이 자사나 제품의

평가를 반전시킬 만한 새로운 이야기를 만들어 내 부정적인 이미지를 떨쳐 내는 식입니다. 저는 이 방법을 '구글 검색 첫 페이지 바꾸기 대책'이라고 부릅니다.

Q 구글 첫 페이지를 바꾼다고요?

A 가짜 뉴스로 피해를 입으면 구글 검색 첫 페이지가 원치 않는 기사나 정보로 뒤덮이고 맙니다. 가짜 뉴스에 일일이 반박한들 관련 기사만 늘어날 뿐 이미지를 떨쳐 내기에는 역부족입니다. 이럴 때는 관점을 바꿔 더 화제성 있는 내러티브로 검색 첫 페이지를 덮는 노력을 해야 합니다.

Q 아하! 가짜 뉴스와 정면으로 맞서는 방법보다 이 방법이 나쁜 이미지를 떨쳐 내는 데는 더 도움이 될지도 모르겠군요. 기업뿐만 아니라 가짜 뉴스로 이미지에 타격을 입은 개인에게도 유용하겠어요.

A 하지만 이 방법은 기업이나 개인에게 나쁜 이미지를 떨쳐 낼 만한 이야깃거리나 에피소드가 있다는 전제 조건이 필요합니다. 그리고 평소 주변에 이해하고 응원해 주는 이들이 많을 때 더욱 탄력을 받습니다.

Q 평소의 행실이 위기에서 자신을 구해 주는 셈이군요.

A 그렇죠. SNS는 자신의 의견을 드러내 보이는 수단인 만

큼 무기도 될 수 있고 흉기도 될 수 있습니다. SNS를 무기로 사용하려면 SNS에 내재된 리스크를 늘 염두에 두고 평소에도 든든한 아군을 만들어 가며 지혜롭게 활용할 줄 알아야 합니다.

인터넷 매체에서는
마니아들이 빛을 발한다

Q 2021년부터 2023년까지 TV도쿄의 보도 콘텐츠 플랫폼 'TV 도쿄 BIZ'에서 편집장을 맡으셨다고 들었어요. 인터넷 매체를 이끌면서 깨달은 점이 있으신가요?

A 인터넷 매체의 재미는 온라인상에서 빛을 발하는 인재들을 새로이 발굴하고 멍석을 깔아 주며 활약을 지켜보는 데 있습니다. 'TV도쿄 BIZ'에서는 아나운서뿐만 아니라 기자나 프로듀서도 영상에 출연해 특정 테마의 뉴스를 해설하는데 TV에서는 그다지 눈에 띄지 않던 이들이 인터넷 방송에서는 인기 만점 이야기꾼으로 재탄생합니다. 예를 들어 일본 황실 문제에 해박한 지식을 자랑하는 사람이나 이과를 전공해 과학 기술 관련 지식이 풍부한 사람 등이 만든 뉴스 해설 콘텐츠가 연재 시리즈로 업로드되고 있습니다.

Q 인터넷 방송에서 더욱 빛나는 인재가 있다는 말씀이군요.
A 시간 제약이 있는 TV에서는 전달하는 정보의 양에 한계

가 있습니다. 상당한 공을 들여 세세한 부분까지 취재해 더 깊이 있게 보도할 수 있음에도 취재 내용을 다 보여 줄 기회는 좀처럼 오지 않습니다.

반면 인터넷 방송은 시간 제약에서 조금 더 자유롭습니다. 영상 재생 속도를 조절할 수 있으니 길이가 길더라도 관심 있는 시청자라면 찾아서 봅니다. 결과적으로 마니아라고 불릴 만큼 특정 분야에 깊은 지식을 보유한 사람이 각광을 받습니다.

Q   지금껏 화면 뒤에서 프로그램을 뒷바라지해 오던 사람들이 무대 앞에서 활약할 기회가 생겼다니 참 고무적인 현상이네요.

A   맞습니다. 제가 『닛케이 비즈니스』 편집장이 되었을 때 평소 존경하던 선배가 '편집장은 맹수 조련사다'라는 말을 해 주더군요. 자기 색깔이 뚜렷하고 듣기 거북한 말을 아무렇지 않게 하는 기자일수록 재미있는 기사를 쓰는 경향이 있으니 내치지 말고 오히려 아껴주라는 뜻이었습니다.

'TV도쿄 BIZ' 편집장 시절에도 같은 마음가짐으로 임했습니다. 훌륭한 인재가 많아 정말 깜짝 놀랐습니다.

Q   유튜브에도 각자의 분야에 상당한 지식을 가진 분들이 많더

라고요.

A 　교육, 미용, 게임, 낚시, 요리, 음악, 원예, 투자 등 모든 분
　　야에서 유튜버가 활약을 펼치고 있습니다. 저도 시간이
　　있을 때 가끔 봅니다만 수많은 구독자를 거느린 인기 유
　　튜버는 각자 특유의 의사소통 기술을 지니고 있더군요.
　　1억 총 크리에이터* 시대에는 누구나 콘텐츠를 만들고
　　하고 싶은 말을 할 수 있습니다. 의사소통 기술을 익히면
　　자신의 내면에 잠들어 있는 잠재력을 끄집어낼 수 있을지
　　도 모릅니다.

---

* 　1970년대에 실시한 한 설문 조사에서 1억 명에 달하는 일본인 대다수가 자
　　신은 중산층에 해당한다고 답한 현상을 일컫는 용어 '1억 총 중류'에서 파생
　　된 표현이다. '일본인 대다수가 크리에이터'라는 뜻을 담고 있다.

5

Move

**상대방을 움직이는
말하기 기술**

고령자를 한데 묶어 말하는 불찰

Q 여기서부터는 '말하기 기술'을 조금 더 구체적으로 들여다보기로 해요. 먼저 '사전 준비'부터 시작해 볼게요. 말할 내용을 정할 때 특별히 신경 쓰시는 부분이 있나요?

A 듣는 사람이 누구인지를 생각합니다. TV 보도 프로그램에서 기획 주제를 결정할 때도 가장 먼저 염두에 두는 부분이 바로 시청층입니다. 가령 같은 보도 프로그램이라도 위성 채널에서 방송하는 프로그램은 주 시청자의 나이대가 높기 때문에 젊은 세대가 주로 관심 가질 법한 주제만 계속해서 다루면 시청자들로부터 외면당하고 맙니다.

Q 시니어 세대의 관심사에 부합하는 주제가 아니면 시청률이 떨어지는군요.

A 네. 진행자는 방송 도중에도 늘 카메라 너머에 있는 시청자를 의식합니다. 예를 들어 임금에 관해 이야기할 때는 연금 수입도 함께 다루고 금리에 관해 이야기할 때는 주

택 자금 대출 금리뿐만 아니라 예금 금리도 언급하는 식
입니다.

Q 아무리 현장에서 열띤 토론이 벌어진다 한들 시청자가 소외
된다면 만족감을 줄 수 없을 테니까요.

A 특히 고령자를 한데 묶어 이야기할 때는 신중하게 접근
할 필요가 있습니다. 우리는 10대와 20대는 동일시하지
않지만 60대와 70대와 80대는 고령자로 뭉뚱그려 버릴
때가 많습니다.

이는 60대, 70대, 80대가 자신이 경험해 보지 못한 나이
대이기 때문에 일어나는 현상입니다. 10대와 20대는 이
미 지나왔기 때문에 어떻게든 직감적으로 차이를 이해
합니다. 하지만 60대 이후의 나이는 경험해 본 적이 없기
때문에 두루뭉술하게 말하기 쉽습니다.

Q 그러다 보면 알게 모르게 말실수를 할 수도 있겠네요.

A 맞아요. 특히 고령자를 '은퇴 세대'라고 표현한다거나 IT
기기를 잘 모른다는 식으로 단정하기 쉽습니다. 하지만
고령자 중 65~69세의 취업률은 50%가 넘습니다. 노동
하지 않는다는 전제하에 이야기하는 건 무척이나 실례
지요.

고령자에게 '디지털 약자'라는 꼬리표를 붙일 때도 주의

해야 합니다. 요즘에는 자유자재로 스마트폰을 다루는
분들도 많으니까요.

듣는 사람이 궁금해하는
'뉴스의 의문점'을 찾을 것

Q 출연하신 TV 프로그램이나 유튜브 영상들을 보다 보면 뉴스가 절로 이해돼요. '아, 그런 거였구나' 하고 고개를 끄덕이지요. 듣는 사람의 '니즈'를 잘 알고 계신 것 같아요.

A 그런 말을 들을 때가 가장 기쁩니다. 프로그램을 진행할 때도, 뉴스를 해설할 때도 상대방이 관심 있는 부분이나 궁금해하는 부분을 더 집중적으로 다루려고 노력합니다. 제가 'BS TV도쿄'에서 진행하는 프로그램의 제목은 <닛케이 새터데이-뉴스의 의문점>이고 'TV도쿄 BIZ'에서 담당하는 유튜브 채널의 제목은 <야마카와 다쓰오가 해설하는 뉴스의 의문점>입니다. 굳이 '의문점'이라는 말을 덧붙인 이유는 시청자가 아리송하게 여기는 부분을 마치 가려운 곳을 긁어 주듯 더욱 집중적으로 설명하는 것을 목표로 삼고 있기 때문입니다.

Q 시청자가 해설을 듣고 이해하기 쉽다고 느끼는 이유는 뉴스 어딘가에 이해하기 어려운 부분이 있기 때문이지요. 일단은

시청자가 가려워하는 부분이 어디인지를 찾아야겠어요.

A 네. 뉴스를 해설할 때는 본인의 지식, 경험, 흥미로운 에 피소드를 들려주는 데 치중하기 쉽지만 그 내용이 시청 자가 관심 있는 부분이나 궁금해하는 부분이 아닐 때는 무서울 정도로 반응이 없습니다. 박식하다고 자기 어필 은 했을지 몰라도 시청자가 가려워하는 부분은 긁어 주 지 못했기 때문입니다.

Q 의사소통은 상대방을 연구하는 데서 시작된다는 말씀이군 요. 다양한 상황에 적용할 수 있겠어요.

A 예컨대 저는 강연을 부탁받으면 청중이 주로 어떤 업종에 서 일하고 어떤 직책을 맡고 있는지, 나이·성별은 어떻게 되는지를 꼭 먼저 확인합니다. 상대방의 관심사를 최대한 이해한 뒤 강연 주제를 정하고 내용을 채워 나가지요.

상대방의 마음을 꿰뚫는 말솜씨

A 듣는 사람이 가려워하는 부분을 긁어 준다는 측면에서 탁월한 능력을 보이는 인물은 일본 최대 홈쇼핑 채널 '자파넷타카타'의 창업자 다카타 아키라 씨라고 생각합니다.

Q 다카타 씨는 의사소통의 달인으로 종종 인용되는 인물이지요. 저도 동의해요. 특히 어떤 부분이 뛰어나다고 보시나요?

A 홈쇼핑에서 제품을 설명할 때 제품의 제원보다는 '이 제품을 사면 시청자의 삶이 어떻게 행복해지는지'를 설명합니다.

다카타 씨의 말솜씨를 이야기할 때 자주 인용되는 사례로 보이스 레코더 판매 방송이 있습니다. "아버님, 어머님, 방과 후 매일 혼자 집을 지키고 있는 자녀분에게 냉장고에 뭐 만들어서 넣어 놨다 하고 음성 메시지를 남겨 보세요. 2% 부족했던 대화가 비로소 완성될 것 같지 않나요?" 하고 시청자들에게 어필합니다.

Q 나가사키 지역 정취가 물씬 풍기는 특유의 사투리와 카랑카
   랑한 목소리로요!

A 그렇습니다. 기억에 남을 수밖에 없죠. 심지어 말하는 내
   용 대부분은 본인의 실제 사용 경험을 바탕으로 하고 있
   습니다. '제가 사용하면서 느꼈던 감동을 여러분과 나누
   고 싶어요' 하는 자세로 임합니다.

Q 보이스 레코더를 판매할 때 보통은 음질이 좋다는 둥 몇 시
   간 동안 녹음이 가능하다는 둥 방송 내내 제원만 설명하다
   끝나기 십상인데 다카타 씨는 고객의 마음을 꿰고 있었군요.

설득과 수긍은 다르다

A 다카타 씨의 말솜씨는 일본 전통 예능 '노(能)'*를 완성한 인물 '제아미(1363~1443)'의 영향을 받았다고 합니다. 제아미는 훗날 노에 출연할 배우들을 위해 『가쿄(花鏡)』라는 책을 썼습니다.

이 책에 따르면 배우는 ①배우 본인의 시점, ②배우를 보는 관객의 시점, ③배우 본인의 시점과 관객의 시점을 객관적으로 바라보는 시점까지 총 세 가지 시점을 염두에 둘 필요가 있습니다. 자파넷타카타에서는 직원들끼리 종종 "지금의 설명은 지나치게 '배우 본인의 시점'에 치우쳐 있다"라는 대화를 주고받는다고 합니다.

Q 노의 개념을 활용해 설명 내용이 지나치게 본인의 시점에 치우쳐 있지 않은지 경계하는군요.

A 영업 비법으로 '설득과 수긍은 다르다'라는 말이 종종 인

---

* 가면을 쓴 배우가 서사에 따라 연기, 춤, 노래를 선보이는 무대 예술이다.

용됩니다. 설득은 제품이나 서비스의 우수성을 상대방에게 이해시키는 행위입니다. 하지만 사람은 누군가에게 설득당하는 것에 무의식적인 거부감을 가지고 있습니다. 반면 진정 훌륭한 영업은 상대방을 설득하거나 회유하기보다는 상대방이 스스로 수긍할 때까지 기다립니다. 다카타 씨는 상대방이 스스로 수긍하도록 하는 말솜씨를 지녔습니다.

승객을 보지 않는 택시 기사

Q 고객의 니즈를 헤아려 대응 방법을 바꾸는 능력은 특히 서비
   스업이나 영업 현장에서 필요한 자질이죠.

A 저는 요즘 택시 기사님들의 한마디에 스트레스를 받곤
   합니다.

Q 택시 기사님들이 뭐라고 하셨길래….

A 이미 안전띠를 매고 있는데 "안전띠 착용 부탁드립니다"
   하는 기사님 만난 적 없나요? 저는 '이미 맸는데….' 하고
   욱하는 기분이 들더군요.

Q 저도 자주 겪는 일이에요.

A 물론 운전 중에 뒷좌석 상황을 확인하기란 쉽지 않습니
   다. 하지만 최근 생산된 일본의 택시 전용 자동차 운전석
   상단에는 승객의 안전띠 착용 여부를 확인할 수 있는 램
   프가 설치되어 있습니다. 잠깐만 눈길을 주면 알 수 있는
   데도 보려고 하지 않는 셈이죠.

Q 램프를 확인한 분들은 "안전띠 착용에 협조해 주셔서 감사합니다"라고 하시죠.

A 상대방을 헤아려 이야기한다는 게 어떤 것인지를 보여주는, 사소하지만 좋은 예입니다. 저는 일의 특성상 이른 아침이나 심야 시간에 택시를 자주 이용하는데 안전띠 램프를 보지 않고 말씀하시는 기사님들은 대체로 운전도 거칩니다. 반면 안전띠 램프를 확인하고 말씀하시는 기사님들은 운전도 조심스럽게 하시고요.

Q 무심코 던진 한마디에 기사님의 서비스 정신이 드러나는군요.

A 택시 안전띠는 한 가지 예에 지나지 않습니다. 서비스업이나 영업 현장에서 일하는 사람 대부분은 처음에 매뉴얼을 통해 일을 배웁니다. 다만 매뉴얼은 기본 틀일 뿐이므로 실제 현장에 투입된 뒤에는 고객을 살펴 가며 임기응변을 발휘할 필요가 있습니다.

의사소통도 '마켓 인'의
발상으로 접근할 것

Q 상대방을 염두에 두느냐 아니냐에 따라 일의 결과나 평가가
   크게 달라지겠군요.

A 의사소통은 제품 개발과 유사한 측면이 있습니다. 기업
   의 기술이나 의향을 우선순위에 두고 제품을 만드는 '프
   로덕트 아웃'이 아니라 시장이 원하는 제품을 만드는 '마
   켓 인'의 자세를 취할 줄 알아야 성공할 수 있습니다.

Q 프로덕트 아웃만으로는 성공할 수 없나요?

A 제품 개발과 마찬가지로 의사소통에서도 프로덕트 아
   웃, 즉 말하는 내용의 고유성과 참신성은 중요합니다. 어
   디에선가 들어본 듯한 진부한 내용만 잔뜩 있다면 듣는
   재미가 없죠.
   그렇다고 상대방의 니즈를 외면하면 마음을 움직일 수
   없습니다. 저는 지금까지 인터뷰를 통해 각 업계에서 성
   공을 이루고 명예를 얻은 분들을 많이 만났습니다만 의
   사든 과학자든 건축가든 카피라이터든 일류라는 타이틀

을 거머쥔 분들은 일단 상대방의 니즈를 파악하는 데서
부터 일을 시작하더군요.

Q "제 말을 들어 보세요!" 하고 고객에게 일방적으로 제안만
해서는 좋은 결과를 얻지 못한다는 거군요.

이토추상사 회장의 철칙
'장사는 미소다'

A 이토추상사의 오카후지 마사히로 회장은 평사원 시절부터 어패럴 분야에서 활약하며 수많은 해외 명품 브랜드의 판권을 따낸 것으로 잘 알려져 있습니다. 회장 취임 이래, 다양한 영역에서 업적을 쌓으며 이토추상사를 미쓰비시상사나 미쓰이물산처럼 재벌 기업에 속하는 상사 회사들과 어깨를 나란히 하는 회사로 키워냈습니다. 오카후지 회장에게는 '장사는 미소다'라는 영업 철칙이 있습니다.

Q 어떤 의미인가요?

A '장사하는 사람은 성과가 나지 않아 괴로울 때일수록 고객의 미소를 떠올려야 한다'라는 의미입니다. 오카후지 회장은 힘들 때일수록 자신이 아니라 고객에게 이익이 돌아가는 방안을 생각해야 하며 고객이 이득을 보면 훗날 자신의 이익은 저절로 따라온다고 설명합니다.

Q 괴로울 때 인간은 본인만 생각하기 쉬운데 그럴 때일수록 더
   상대방을 살피라는 가르침이군요.

수없이 '고객'을 되뇌는
아마존 창업자 베이조스

A   예전에 미국 아마존닷컴의 창업자 제프 베이조스 씨를 인터뷰한 적이 있습니다. 지금도 기억나는 건 한 시간 정도 되는 인터뷰에서 '고객'이라는 단어를 30번 가까이 말했다는 사실입니다.

Q   대단하네요. 어떤 이야기를 할 때 고객이라는 단어를 사용하던가요?

A   제가 아마존닷컴의 향후 경영 방침 등을 물으면 꼭 이렇게 대답하더군요. "그걸 결정하는 사람은 고객입니다." "그것도 고객이 결정할 일입니다." 질문을 어물쩍 넘기려는 속셈인가 싶어 일부러 심술궂은 질문을 던져 보았습니다. "고객중심주의를 표방하는 회사는 많습니다. 아마존닷컴은 다른 회사와 어떤 점이 다릅니까?" 하고요. 베이조스 씨가 답했습니다. "다른 회사는 말로만 고객을 외치고 실제로는 라이벌 회사를 의식하며 전략을 짭니다. 아무것도 발명하지 않은 것이나 다름없죠. 선구자

라고 할 수 없습니다." 베이조스 씨의 철학은 고객을 기반으로 모든 전략을 세우는 것입니다. 답변을 들었을 때 '이 사람은 뼛속까지 고객중심주의자구나' 하는 생각이 들었습니다.

Q 많은 기업이 고객중심주의를 외치지만 실제로는 라이벌을 모방하고 있을 뿐이라는 말을 하고 싶었던 셈이네요.

A 게다가 일본 기업은 과거의 인연이나 업계의 관행 등에 얽매여 고객의 니즈를 알면서도 실천하지 않는 일이 허다합니다. 베이조스 씨는 일본의 관행을 타파하고 고객중심주의를 관철하겠다는 의지를 보여 주고 싶었던 겁니다.

Q 그래서 '고객'이라는 단어를 몇 번이고 되뇌었군요.

A 아마도 베이조스 씨는 회사 안에서도 끊임없이 '고객'이라는 단어를 되풀이하며 조직 구석구석까지 스며들도록 노력해 왔을 겁니다. 그것이 아마존닷컴을 세계 최대 수준의 기업으로 성장시킨 원동력이겠지요.

6

Structure

말하는 순서 정하는 법

무작정 세부 내용부터
꺼내 놓지 말 것

Q 의사소통은 상대방을 연구하는 데서 시작된다는 말, 이제 이해가 되네요. 이번에는 말하는 순서에 관해 여쭤보려고 해요. 만약 상대방이 질문을 했다면 어떤 점에 유의해서 말을 꺼내야 할까요?

A 무작정 세부 내용부터 말하지 않도록 신경 써야겠지요.

Q 세부 내용이라…. 조금 더 자세히 설명해 주시겠어요?

A 예컨대 거리에서 갑자기 낯선 이가 다가와 길을 물어봤다고 칩시다. 들어보니 10분 정도는 걸어야 도착할 만한 장소입니다. 어떻게 설명하시겠습니까? "쭉 가다 세 번째 코너에서 우회전한 뒤 다시 두 번째 코너에서 좌회전한 다음…." 하고 시작하나요? 그렇다면 말솜씨가 좋은 사람이라고는 하기 어렵습니다. 어쩌면 직장에서도 딱히 좋은 평가를 못 받고 있을지도 모르겠네요.

Q 엥? 어째서죠? 저도 '처음부터 차근차근 친절하게 설명해 줘

야겠다' 하고 생각하던 참이었는데….

A 상대방의 처지에서 생각하지 않았기 때문입니다. 길을 묻는 사람들은 일단 걸어서 갈 만한 거리인지, 아니면 택시나 지하철을 타는 게 나은지가 궁금하겠지요. 이럴 때는 "도보로 10분 정도 걸리는 곳인데 걸어가실 건가요?" 하는 질문에서부터 시작하는 편이 좋습니다.
"저 코너에서 우회전해서…" 하고 무작정 세부 내용부터 설명하기보다 목적지의 방향을 대강 알려 주고 교통편 사용 여부를 확인합니다. 바꿔 말해 세부 내용으로 들어가기 전에 이야기의 종착지를 미리 알려 주는 셈이지요.

Q 찾아가는 방법을 물어봤으니 처음부터 차근차근 설명해도 틀린 답변은 아니지 않을까요?

A 걸어서 1분 만에 도착하는 장소라면요. 하지만 10분은 꽤 먼 거리입니다.
듣는 사람 편에 서서 생각해 봤을 때 10분 거리의 길을 기억하기란 쉽지 않습니다. 그러니 걸어서 찾아가는 방법을 설명할 때도 일단 손가락으로 방향을 가리키며 "이쪽으로 도보 10분"이라고 말해 두면 대강 방향을 알 수 있어 뒤따르는 설명도 자연스럽게 머리에 그려집니다. 특히 외국인이 길을 물어봤을 때는 이렇게 하는 편이 좋겠죠.

Q 음, 하긴…. 많은 외국인 관광객이 목적지까지 얼마나 걸릴
지 몰라 불안감을 느끼지요.

A 외국에 갔을 때 택시보다 '우버' 같은 애플리케이션을 통
해 배차받은 차를 타는 편이 안심됩니다. 차를 타는 시점
에 이동 시간, 경로, 요금 등을 어림잡아 알 수 있기 때문
이지요.
한편 택시를 타면 '나를 이상한 곳으로 데리고 가지는 않
을까? 요금 더 받으려고 일부러 돌아가지는 않을까?' 하
고 불안해질 때도 있습니다. 말하기에서도 마찬가지로
처음에 종착지를 밝혀 상대방의 불안을 해소해 줘야 합
니다.

Q 아하. 외국인과 대화할 때는 특히 더 신경 써야겠군요.

A 그리고 애초에 우리말과 외국어는 문법이 다릅니다. 가
령 주어 다음에 서술어가 오는 영어권 문화에서는 결론
을 먼저 말하는 것을 당연하게 여깁니다. 반면 각종 형용
사가 붙고 마지막에 서술어가 오는 우리 문화에서는 시
간 순서에 따라 이야기하는 경향이 강합니다. 영어권 외
국인에게는 익숙지 않을 수 있지요.

Q 외국인 관광객이 증가하면서 해외에 나가지 않아도 외국인
과 대화할 일이 늘고 있어요. 평소에도 세부 내용보다 이야
기의 종착지를 먼저 제시하는 습관을 들여야겠네요.

직장 상사의 "그래서?"는
위험 신호

A 직장에서, 특히 상사에게 설명할 때는 각별히 신경 쓸 필요가 있습니다. 결론부터 이야기하세요. 그리고 본격적인 내용으로 들어가기 전에 말하는 목적을 밝히세요.
바꿔 말하면 '보고'를 하는지 '승인'을 얻고자 하는지 '조언'을 구하고자 하는지를 분명히 한 다음에 세부 내용을 설명해야 한다는 뜻입니다.

Q 종잡을 수 없는 이야기를 하염없이 듣고만 있을 상사는 없을 테니까요.

A 네. 점점 속이 끓어오르겠죠. 때에 따라서는 "그래서, 하고 싶은 말이 뭔가?"라거나 "결론부터 말해" 하고 한 소리 할 수도 있고요.
최근 직장 내 갑질 문제가 화두로 떠오르고 있기 때문에 겉으로는 웃으며 직원의 말을 들으려 노력하지만 속으로는 부글부글 끓고 있을지도 모릅니다. 출세한 사람들은 대체로 성격이 급하니까요.

Q 성격이 급하다고요? 왜죠?

A 어떻게 보면 기업 경영이란 합리성을 추구하는 게임입니다. 불필요한 부분을 줄이고 이익을 창출해 내야 하지요. 따라서 잘나가는 기업인이나 관리자일수록 시간을 허투루 쓰지 않으려는 의지가 강합니다.

Q 직원 입장에서는 조금씩 이야기를 풀어놓으며 '오늘 기분이 괜찮으신가' 하고 의중을 헤아려 보려는 의도도 있어요. 직구를 날렸다가 갑자기 녹아웃 당하고 싶지 않거든요.

A 아, 처음에 변화구를 던지며 상황을 살피는군요? 상사의 성격이나 두 사람의 성향 차이에 따라 다르기야 하겠지만 상당히 고급 기술이네요. 다만 늘 같은 식이라면 '믿음직하지 못한 직원'이라고 색안경을 끼고 바라볼지도 모르겠습니다.

상사가 어떤 사람이든 기본적으로 장황하게 이야기를 늘어놓지 않도록 해야 합니다. 특히 상사가 "그래서?" 하고 이야기를 재촉하는 일이 잦다면 주의가 필요합니다.

PREP법을 몸에 익힐 것

Q 이야기를 나누다 보니 시간이 갈수록 결론부터 말하는 사람과 그렇지 않은 사람 사이에 큰 격차가 벌어지겠다는 생각이 드네요. 하지만 당장 실천에 옮기자니 좀 막막한데요. 혹시 효과적인 연습 방법이 있을까요?

A 잘 알려진 연습 방법으로 PREP(프렙)법이 있습니다. PREP은 'Point, Reason, Example, Point'의 머리글자를 딴 말로, 'Point(결론)' → 'Reason(근거)' → 'Example(예시)' → 'Point(결론)'의 순서로 정보를 전달하는 내용 구성 방식을 뜻합니다.

업무에서는 물론이고 일상생활에서도 유용합니다. 글을 쓸 때도, 말을 할 때도 활용할 수 있어요. 저도 뉴스 해설 멘트를 구성할 때 자주 사용하는 방법입니다.

Q 예를 하나 들어 주실 수 있나요?

A 중국 경제에 관해 2분 동안 멘트를 해야 한다고 칩시다. 먼저 결론을 말합니다. 가령 "저는 중국 경제의 전망이

매우 어둡다고 생각합니다"라고요.

그런 다음 "특히 국내 총생산(GDP)의 30%를 차지하는 부동산 분야가 부진합니다"라고 근거를 밝힌 뒤 "최근에는 아파트 덤핑 판매가 시작됐고 어떤 지역에서는 한 채를 사면 한 채를 덤으로 주는 원 플러스 원 판매까지 등장했습니다" 하고 구체적인 사례를 듭니다.

Q 아하!

A 시간이 얼마나 주어졌느냐에 따라 조정은 필요하겠지만 근거는 많을수록 주장의 설득력을 높이는 데 도움이 됩니다. 따라서 "중국 내 반간첩법 개정의 여파가 큽니다. 구속 이유가 분명하지 않다 보니 외국 기업의 활동이 위축됩니다" 하고 근거를 추가한 뒤 "최근 일본의 대형 제약사 직원도 체포되었습니다. 유죄 판결을 받았지만 지금도 명확한 이유는 중국 측에서 설명해 주지 않고 있습니다" 하고 사례를 한 번 더 덧붙입니다.

그리고 마지막으로 다시 "따라서 중국 내 사업 환경은 점점 더 불투명해지고 있습니다" 하고 결론을 말합니다.

Q 정리된 느낌이 들어 확실히 이해하기 쉽네요.

A PREP법은 여러 방면에서 응용 가능합니다. 예를 들어 구직 활동할 때 쓰는 입사 지원서에도 적용할 수 있습니

다. 제일 앞에 "저는 다른 어떤 회사보다도 귀사에 입사하길 희망합니다" 하고 결론을 쓰고 이유와 사례를 하나씩 나열합니다. 그리고 마지막에 한 번 더 "따라서 귀사에 입사하고 싶습니다" 하고 강조하며 마무리합니다.

Q 입사 지원서에 지원 동기를 쓸 때 PREP법의 구조를 그대로 활용할 수 있군요.

잡념은 배제할 것

A   PREP법은 잡념을 배제할 때도 유용한 방법입니다.

Q   잡념이라 하시면?

A   글을 쓸 때든 말을 할 때든 우리 머릿속에는 잡념이 끼어들기 마련입니다. 예컨대 앞선 중국 경제 사례에서도 '중국의 부동산 경기가 나쁘긴 하지만 아직 일본의 거품 경제 붕괴 당시처럼 금융기관이 픽픽 쓰러져 갈 정도는 아니지'라거나 '최근 중국 정부가 재정을 대거 투입했으니 경기가 다시 살아날지도 몰라'라는 식으로 다양한 생각들이 머리를 스칩니다.

하지만 생각나는 대로 말하다 보면 결론에 배치되는 말이 끼어들어 결국 전체적으로 주장하는 바가 무엇인지 불분명해지고 맙니다.

Q   맞아요. 저도 이야기하는 도중에 '지금 무슨 말을 하려고 했더라?' 하고 번뜩 정신이 들 때가 있어요.

A 사람들은 머릿속에 떠오른 생각이나 재미있는 말들을 전부 이야기하려는 경향이 있습니다. 이때 PREP법을 사용하면 원점에서 본인이 전달하려는 메시지가 무엇인지를 되돌아보고 해당 결론으로 귀결되려면 어떤 부분을 배제해야 하는지 결정할 수 있습니다.

Q 하지만 언론인은 한쪽으로만 일방적으로 치우치지 않도록 다른 쪽의 의견도 소개해야 한다고 들었어요. PREP법에 충실한 나머지 지나치게 단정적인 의견이 될까 봐 걱정돼요.

A 응용이 중요합니다. 중국 경제 사례로 다시 돌아가 보면 마지막에 결론을 말할 때 "최근 중국 정부가 재정을 투입하기 시작했으므로 일시적으로 경기가 되살아날 가능성도 있지만 장기적으로 봤을 때 중국 경제의 전망은 매우 불투명하다고 생각합니다" 하고 말할 수 있습니다.

본인의 주장과 다른 견해는 어디까지나 '방어'의 목적으로 살짝만 언급해야 합니다. 그렇지 않으면 주장하는 바가 불분명해지고 맙니다. 특히 TV 프로그램에서는요.

Q PREP법은 주장을 명확하게 드러내기 위해 사용하는 방법이니 효과가 떨어지지 않도록 주의해야겠어요.

A 상황에 따라 잘 조정해 가며 사용하면 됩니다. 입사 지원

서의 지원 동기를 쓸 때도 마찬가지죠. PREP법을 통해 너무 직설적으로 어필해도 거짓말처럼 느껴집니다. 구직 활동을 할 때는 통상 여러 회사에 지원하기 때문에 모든 회사에 "저는 다른 어떤 회사보다도 귀사에 입사하길 희망합니다" 하고 어필해 봐야 면접관은 '아닐 거 같은데' 하고 미심쩍어합니다.

Q 사람 뽑는 데는 선수일 테니 모를 리가 없겠죠.

A 가령 이렇게 돌려 말하면 어떨까요?

"사실은 업계에서 가장 규모가 큰 A사를 염두에 두고 있었습니다만 재직자 방문 행사와 인사담당자 면담에서 지금껏 지원했던 그 어떤 회사보다 우호적으로 대해 주셨기 때문에 점점 귀사의 일원이 되어 일하고 싶다는 생각이 커졌습니다. 지금 제가 가장 입사하고 싶은 회사는 귀사입니다." 다른 어떤 회사보다 해당 회사에 입사를 희망한다는 태도는 견지한 채 표현만 조금 바꾸는 거죠.

Q 오, 이렇게 이야기를 풀어 나가면 호감도가 급상승하겠어요.

A 면접관도 선수다 보니 '우리 회사가 1지망일 리가 없는데' 하고 미심쩍어하면서도 그 부분을 어떻게 표현하는 지를 봅니다. TV 맛집 탐방 프로그램도 그렇잖아요. 출

연자가 맛있다고 하리라는 건 먹기 전부터 알고 있습니다. 다만 시청자가 관심 있게 보는 부분은 맛있다는 표현을 어떻게 하는가입니다.

'마음을 사로잡는' 테크닉

Q 결론을 먼저 말한다는 이야기를 계속하다 보니 궁금한 점이
   생겼어요. 의사소통에서는 '마음을 사로잡는 기술'도 필요하
   잖아요. 그럼 말하는 순서를 바꿀 수도 있지 않을까요?

A 아주 중요한 지적입니다. 결론에 의외성이 있다면 상관
   없겠지만 그렇지 않다면 듣는 이의 마음을 사로잡는 기
   술이 필요합니다.

   PREP법은 말이나 글의 구조를 짜는 기본적인 방법에 불
   과합니다. 필요하다면 무너뜨려야겠지요. 예컨대 앞선 중
   국 경제 사례에서 "최근에는 아파트 덤핑 판매가 시작됐
   고 어떤 지역에서는 한 채를 사면 한 채를 덤으로 주는
   원 플러스 원 판매까지 등장했습니다"라는 예시는 임팩
   트가 강하죠.

Q 중국 부동산 시장에서 아파트를 마치 '바나나 떨이' 팔듯 한
   다고 해서 놀랐어요.

A 한 가지 요령은 이처럼 인상에 남을 만한 예시가 있다면

이야기의 앞쪽에 배치하는 겁니다. 나머지는 PREP법의
규칙을 따르고요.

Q 전체 구조는 유지하면서도 내용 중 가장 흥미로운 사례를 골
라 사람들의 관심을 끄는 데 사용하는군요. 잡지에서도 자주
사용하는 방법이에요. 가장 흥미로운 사례나 표현을 그대로
기사 제목이나 책 제목으로 가져와 쓰는 일도 많아졌어요.

A 원고를 쓸 때든 말을 할 때든 의사소통의 기본 원리는 같
습니다. 우선 사람들의 마음을 사로잡을 만한 사례를 가
져와 상대방의 관심을 끌죠. 이때 반드시 기억해야 할 점
은 상대방의 관심을 끌 만한 흥미로운 사례를 뭉뚱그려
서는 안 된다는 사실입니다.

요약하는 것과 뭉뚱그리는 것은 다르다

Q 뭉뚱그린다고요?

A 네. 요약하는 것과 뭉뚱그리는 것은 완전히 다른 개념입니다. 누군가와 대화를 나눌 때 상대방의 이야기가 논리적이고 잘 정리되어 있는데도 불구하고 조금도 흥미가 가지 않았던 적 없으신가요?

Q 있어요. 이야기를 들어도 설레지 않을 때!

A 모처럼 사람들의 흥미를 끌 만한 에피소드를 이야기할 기회가 생겼건만 디테일을 생략하고 뭉뚱그려 버리는 탓에 일어난 일입니다. 말을 할 때든 글을 쓸 때든 아무리 논리적이더라도 디테일이 없으면 재미가 없어요.
이를테면 해외여행을 다녀온 뒤에 "물가가 엄청 비쌌어"라고 말하기보다는 "오렌지 주스 한 잔에 14,000원이었어"라고 말하는 편이 듣는 사람의 관심을 끌 수 있습니다. 의사소통을 할 때는 이런 에피소드들을 뭉뚱그려서는 안 됩니다.

Q 디테일이 살아 있으면서도 논리적인 이야기가 될 수 있도록 해야 한다, 디테일 중에서도 가장 흥미로운 이야기를 사람들의 관심을 끄는 용도로 배치한다…. 이렇게 이해하면 될까요?

A 바로 그겁니다. 전체 구조는 유지한 채 흥미진진한 사례나 에피소드를 골라 앞쪽에 배치하는 것이 요령입니다. 재미있는 사례라고 보이는 대로 가져와 무작정 나열해서는 안 됩니다. 잡지 기자를 예로 들면 재미있는 기삿거리는 잘 찾는데 논리적으로 쓰지 못하는 사람이 있습니다.

Q 기삿거리 하나하나는 재미있는데 산만하게 늘어놓기만 하는 사람이 있죠.

A 글에는 논리가 필요한 법입니다. 즉 'A는 B이고 B는 C다. 따라서 A는 C다' 하고 전개해 나가지 않으면 독자가 수긍하지 않습니다. 그런데 글 쓰는 사람 중에는 'A는 B이고 C는 D이며 E는 F다' 하고 맥락 없이 사례만 늘어놓는 사람이 있습니다.

Q 문장과 문장 사이의 관계성이 약한 글이지요.

A 결국 전체적으로 '하고 싶은 말이 불분명한' 원고가 되고 맙니다. 따라서 흥미로운 에피소드를 앞에 배치할 때도

글의 구조를 무너뜨리지 않는다는 전제가 필요합니다.
물론 말할 때도 마찬가지고요.

재치 있게 끝맺을 줄 아는
사람은 극소수

Q 말의 순서라는 측면에서 또 한 가지, 이야기를 재치 있게 끝내는 방법도 있잖아요. 예를 들어 스탠드업 코미디에서는 세상 사는 이야기나 본론의 복선이 될 만한 이야기를 짤막하게 풀어놓은 뒤에 본론을 이야기하고 마지막을 재치 있게 마무리하지요.

A 말씀하신 부분도 물론 말솜씨이기는 하지만 장인의 영역에 해당하는 기술입니다. 저를 비롯한 범인(凡人)들은 좀처럼 넘볼 수 없는 경지지요.
　결혼식 피로연 같은 곳에서 마지막에 재치 있는 한 방이 있는 이야기를 준비하는 분들이 있는데요. 정말 잘하지 않으면 삐끗해서 민망하게 끝나고 맙니다. 재치 있는 한 방으로 끝내는 기술은 마음 잘 맞는 친구들끼리의 술자리에서 사용하는 정도로 충분하다고 생각합니다.

Q 술자리에서라면 좀 거들먹거리며 이야기하더라도 중간중간 추임새를 넣어 분위기를 살려 주는 사람이 있을 테니까요.

일할 때는 되도록 사용하지 말아야겠네요.

A 네. 애초에 직장은 본인의 말솜씨를 자랑하는 곳이 아닙니다. 제 생각에 그런 기술을 직장에서 구사할 수 있는 사람은 사장님 정도가 아닐까 싶네요. 아무리 지루해도 주위 사람들은 들을 수밖에 없을 테니까요.

Q 와, 상상만으로도 도망가고 싶어지는 상황이네요.

A 또 다른 말하기 기술 중 하나로 일부러 중요한 부분을 빠뜨려 상대방이 지적하거나 끼어들게끔 유도하는 방법도 있습니다.

Q 덕분에 중요한 부분이 더 인상 깊게 남겠네요.

A 맞습니다. 이 기술을 쓸 줄 아는 사람을 보면 '아, 말을 잘하는구나' 하는 생각이 듭니다. 저는 아무래도 쉽지 않더군요. 자신 있는 분들은 한번 도전해 보시기 바랍니다.

결론을 재촉하지 말아야 할
때도 있는 법

Q '결론부터 말하기'는 직장에서 특별히 신경 써야 하는 말하기 기술이라는 이야기를 나눠 봤어요. 그럼 사석에서도 결론을 먼저 말하려고 애써야 할까요?

A 직장에서든 사석에서든 길고 장황하게 이야기하는 사람은 기본적으로 주변 사람들이 멀리합니다. 반대로 직설적인 발언만 일삼는 사람은 인간미가 없다는 평가를 받기도 합니다. 결국 정도의 문제겠지요. 특히 부부나 연인 간 대화에서는 너무 직설적으로 말하지 않도록 조심하는 편이 좋습니다.

Q 역시 그렇군요.

A 본인이 결론부터 말하기를 실천하는 것은 상관없지만 상대방에게 결론부터 말하라고 요구해서는 안 됩니다. 말은 이렇게 하지만 저도 일 때문에 머리가 복잡할 때 아내가 말을 걸면 "결론부터 말해"라고 말하고 싶어집니다.

Q 아, 안 돼! 말하는 순간 부부 사이에 금이 가고 말 거예요!

A 의식적으로 업무와 비업무를 구분하지 않으면 아무래도 이야기의 결론을 재촉하고 맙니다. 이야기 도중에 끼어들어 조언하기도 하고요. 그러면 "그냥 이야기 좀 들어주면 안 돼?" 하고 아내가 불쾌해합니다.
부부의 대화는 어렵습니다. 저도 배운 바가 있으니 요즘은 "결론부터 말해" 같은 직접적인 말은 하지 않지만 그래도 아내는 종종 "당신, 지금 내 말 안 듣고 있지?" 하고 묻더군요.

Q 특히 일 생각을 하다 보면 그렇게 되더라고요.

A 원고 작성이나 편집은 재택근무가 가능한 일이다 보니 업무와 비업무를 딱 잘라 구분하기가 힘들죠. 방송일도 마찬가지입니다. 업무차 다른 방송국의 보도 프로그램을 모니터링하고 있으면 가족들은 제가 그냥 TV를 보고 있다고 생각해 평소처럼 말을 겁니다. 그러면 저는 건성으로 대답하거나 때로는 욱하는 마음에 고약한 대답을 내놓는데 그게 싸움의 원인이 되죠.
결국 아내와 상의 끝에 거실과 별개로 서재에 TV를 하나 더 들이기로 했습니다. 덕분에 요즘에는 비교적 평온한 나날을 보내고 있지요.

6 Structure
말하는 순서 정하는 법

7

Easy

**이해하기 쉽게
전달하는 법**

전문 용어는 가급적 피할 것

Q 현재 출연하고 계신 경제 뉴스 보도 프로그램에는 'FTA(자유무역협정)'나 'REITs(부동산투자신탁)'처럼 생소한 용어들이 많이 등장하는데요. 시청자들이 이해하기 쉽게 전달하는 특별한 방법이 있나요?

A 우선 어려운 전문 용어는 가급적 사용하지 않으려고 합니다. 제 뉴스 해설 멘트에는 되도록이면 사용하지 않고 방송 도중 게스트가 언급하면 "그 용어는 이런 뜻이지요?" 하고 쉬운 표현으로 바꾸려고 노력합니다.

Q 예를 들면요?

A 특히 주식 시장 관련 주제를 다루다 보면 EPS(주당순이익), PBR(주가순자산비율), PER(주가수익비율) 같은 영어나 줄임말이 마구마구 튀어나옵니다. 게스트로 출연한 경제학자분들이 이런 용어를 반복해서 사용하면 이야기 중간에 끼어들어 설명을 보탤 때도 있습니다.

가령 이야기 도중 PER이라는 용어가 나오면 "주당 수익

대비 주가의 비율을 나타내는 지표로, 일반적으로 값이 작으면 해당 주가가 저평가되어 있고 값이 크면 고평가되어 있다고 판단합니다" 하고 풀이를 덧붙입니다. 물론 이렇게 풀어서 설명을 해도 어렵기는 합니다만….

Q 하지만 용어를 일일이 설명하다 보면 좀처럼 이야기가 진행되지 않겠는데요?

A 늘 고민하는 부분입니다. 제가 담당하는 프로그램의 주 시청층은 주식 시장에 어느 정도 지식이 있는 분들이기 때문에 기초적인 용어까지 일일이 설명하지는 않습니다. 다만 그럼에도 게스트가 어려운 용어를 연달아 사용하면 잠깐 끼어들어 쉬운 말로 설명을 덧붙이려고 합니다. 그리고 대화 도중 언급되리라고 예상되는 전문 용어는 해당 용어가 나왔을 때 화면에 두 줄 정도 자막 해설이 나오도록 제작진에게 미리 부탁합니다.

Q 아하, 자막이 있으면 대화 도중에 이야기를 끊지 않아도 되겠어요.

"해당 스킴에 어그리합니다"

Q 이해하기 어려운 용어라고 하면 직장에서 사용하는 영어 단어를 빼놓을 수 없죠. 비즈니스 용어를 많이 쓰는 게스트 분들도 있지 않나요?

A '동의한다'를 '어그리한다'로, '확정한다'를 '픽스한다'로, '계획'을 '스킴'으로 말하는 분들, 있습니다. 저도 아무 생각 없이 이런 용어들을 자주 쓰기 때문에 할 말은 없지만요.
방금 든 예시 정도라면 대충 의미는 통하겠지만 '인큐베이션'이나 '트레이서빌리티' 같은 용어들이 나오기 시작하면 점점 이야기가 난해해집니다.

Q 그럴 때는 어떻게 하시나요?

A 저희는 용어 앞에 설명을 덧붙이는 방법을 주로 사용합니다. 예를 들어 "벤처 기업이나 창업 희망자 등을 지원하는 프로세스라는 뜻의 인큐베이션"이라든지 "제조부터 소비까지 제품의 전 과정을 추적하는 시스템을 의미

하는 트레이서빌리티" 하는 식입니다. 다만 게스트가 비즈니스 용어를 너무 많이 사용하는 바람에 설명이 따라가지 못할 때도 있습니다.

Q 이런 용어들이 많이 나오면 어떻게든 알아듣기는 하는데 솔직히 좀 질리기도 해요.

A 업계에서만 사용하는 용어를 남발해서 눈살을 찌푸리게 하는 분들도 있습니다. 해당 업계에 종사하는 사람들끼리는 업계 용어를 쓰면 말도 잘 통하고 편리하겠지만 TV는 불특정 다수가 시청하는 매체거든요.

Q 평소 회의에서도 자기들끼리만 아는 용어를 남발하는 바람에 흐름을 놓치고 소외감을 느끼기도 해요.

A 그렇죠. 저도 10년 전, 방송일을 처음 시작했을 무렵에 겪었던 일입니다. 10년이 지나니 이제는 업계 용어를 남발하지 않으려고 신경을 쓰는 처지가 되었네요.

75%는 "네 명 중 세 명"

Q 내용을 쉽게 전달하기 위해 TV 프로그램에서 특히 즐겨 쓰는 방법이 있을까요?

A 글자로 보면 금방 이해되지만 소리로 들으면 잘 와닿지 않는 표현들이 있습니다. 예컨대 일본어로 '미국', '영국'을 쓸 때는 한자로 '米国(베이코쿠)', '英国(에이코쿠)'로 표기하지만 말할 때는 '아메리카', '잉글리시'라고 합니다. 한자식 발음이 비슷해서 구별이 어렵기 때문이죠.

내용에 숫자나 데이터가 자주 등장해도 시청자가 따라오지 못할 수 있으니 주의해야 합니다. 따라서 듣는 사람이 조금이라도 더 직관적으로 이해할 수 있도록 표현하려고 늘 애쓰죠. 가령 75%는 "네 명 중 세 명"으로 바꿔 말하는 식으로요.

Q 조금만 신경 쓰면 듣는 사람의 이해도가 한층 더 높아지는군요.

A 말은 이렇게 하지만 저 역시 앞에서 말한 규칙들을 늘 완

벽하게 지키지는 못합니다. 반면 아나운서분들은 방송국에 입사했을 때부터 교육을 받기 때문에 비즈니스 용어나 업계 용어를 사용하지 않는다는 규칙을 철저하게 준수합니다.

줄임말도 쓰지 않습니다. '알바'는 '아르바이트'로, '생방'은 '생방송'이라고 말하지요. 혹시 줄임말을 사용하더라도 처음에는 일단 본딧말을 사용합니다. 옆에서 지켜보다 보면 감탄이 절로 나옵니다.

Q 역시 훈련을 통해 익히는 습관이 중요하군요. TV에서는 시청자의 이해를 돕기 위해 영상이나 차트를 이용할 때도 많더라고요.

A 저 역시 뉴스 해설 내용을 이해하는 데 도움이 된다면 영상이나 차트를 준비합니다. TV의 장점은 내용을 설명하는 데 시각, 청각, 언어 등 모든 수단을 동원할 수 있다는 점입니다. 말만으로는 설명하기 어려운 내용을 영상으로 쉽게 설명하는 사례는 흔합니다.

예를 들어 공장 기계의 구동 원리는 아무리 설명을 들어도 좀처럼 머릿속에 그려지지 않지만 영상을 보면 한 번에 이해가 됩니다. 영상, 사진, 그래프가 내용을 이해하는 데 더 도움이 된다면 제 멘트 시간을 줄여서라도 보여드리려고 합니다.

듣는 사람을 고려한 비유

Q 어려운 내용을 쉽게 설명하는 방법으로 비유도 있는데요. 비유를 즐겨 사용하시는 편인가요?

A 필요하다면요. 다만 비유를 들 때도 듣는 사람의 특성을 고려할 필요가 있습니다. 일본에서는 물건이나 장소의 크기를 '도쿄 돔 몇 개'에 빗대는 표현을 특히 자주 사용하는데요. 하지만 일본 사람 중에도 도쿄 돔에 가 보지 않은 사람이 많습니다. 듣는 사람 대다수가 야구에 친숙하지 않다면 야구 경기장인 도쿄 돔보다는 학교 운동장에 있는 달리기 트랙이나 테니스 코트로 환산하는 편이 나을지도 모릅니다.

듣는 사람 중에 청년층이나 여성이 많다면 '도쿄 디즈니랜드 몇 개'라는 표현이 더 적합할 수 있습니다. 오사카에 사는 사람이 많다면 도쿄 디즈니랜드보다는 오사카에 있는 테마파크 '유니버설 스튜디오 재팬'에 비유하는 편이 더 효과적일지도 모릅니다. 이해하기 쉬울 뿐만 아니라 한층 더 친밀하게 느껴지기 때문이지요.

Q 비유를 들 때는 듣는 사람에게 익숙하거나 듣는 사람의 삶에 더 밀접한 대상을 선택할 필요가 있겠네요.

A 경제 프로그램에서는 평소에는 접할 일 없는 큰 금액이 등장하기도 합니다. 예를 들어 국가 재정과 관련된 뉴스를 다룰 때인데요. 이럴 때는 종종 가계의 재정에 비유합니다.

예컨대 현재 일본 정부의 연간 세출은 대략 110조 엔이고 세수는 70조 엔, 채무는 1,200조 엔 정도 됩니다. 숫자가 나열되어 있기는 하지만 전혀 실감이 나지 않지요. 이때는 "연간 수입이 700만 엔(약 6,300만 원)인 가정에서 매년 1,100만 엔(약 9,900만 원)을 쓰고 주택 자금 대출 등의 빚이 1억 2,000만 엔(약 11억 원) 있다고 생각하면 됩니다"라고 설명합니다.

Q 오, 갑자기 확 와닿는군요.

A 덧붙여 세출 내역을 살펴보면 사회보장비가 대략 37조 엔, 국채비가 25조 엔인데 이 부분 역시 와닿지 않지요. 이때는 "총 1,100만 엔의 지출 중 할머니, 할아버지를 비롯해 가족들의 의료비나 간병비에 370만 엔(약 3,300만 원), 주택 자금 대출 상환에 250만 엔(약 2,300만 원)을 쓰고 있는 셈입니다"라고 바꿔 말합니다.

Q 말씀을 듣다 보니 일본 정부의 재정 상황이 심히 걱정되는데요.

A 여기까지만 설명하면 불안하다는 생각이 들지요. 하지만 아직 말씀드리지 않은 정보가 있습니다. 바로 자산인데요.

정부의 자산은 당장 현금화할 수 있는 금융자산만으로 한정해 정의하기도 하고 고정자산 등을 포함해 더 넓은 범위로 정의하기도 하므로 하나의 수치로 딱 잘라 말하기는 어렵지만 어쨌든 일본 정부의 보유 자산은 세계에서도 손꼽히는 수준입니다. 그러므로 지금 당장 재정이 파탄 날 일은 없습니다. 똑같이 수입이 700만 엔에 지출이 1,100만 엔인 가정이라고 하더라도 예금액이 아예 없을 때와 1억 엔(약 9억 원) 있을 때는 전혀 다른 상황인 것과 같은 원리입니다.

Q 빚이 많아 살림살이가 곤궁한 듯 보여도 자산을 잔뜩 보유하고 있는 사람들도 있지요.

A 게다가 일본의 국채를 보유한 주체는 대부분 일본 내 금융기관이나 투자자이지 해외 투자자가 아닙니다. 가계에 비유하자면 주택 자금을 대출해 준 사람이 외국 금융기관이 아니라 집안사람인 상황에 가깝습니다.

Q 아, 돈 빌려준 사람이 당장 돈 받으러 쫓아올 일은 없다는 말이군요.

A 물론 수입이 700만 엔인데 지출이 1,100만 엔이나 되니 건전한 재정 상태라고는 보기 어렵습니다. 일본은 현재 저금리 덕을 톡톡히 보고 있지만 금리가 오르기 시작하면 정부의 이자 부담이 급증해 한순간에 곤란한 상황을 맞이합니다.

Q 그 부분도 주택 자금 대출을 안고 있는 가계와 비슷하군요.

A 따라서 수입을 늘리고 쓸데없는 지출을 줄이려고 노력해야 합니다. 그렇다고 해서 지금 당장 파탄 날 만한 상황은 아니고요.

Q 설명해 주신 덕분에 일본 정부의 재정 상태를 얼추 이해했어요.

일본의 연금과 정년을
<사자에 씨>에 빗대어 설명하면

A   일본에서는 연금 수급 개시 연령 연장이나 정년 연장 문제를 종종 <사자에 씨>*에 빗대어 논의하곤 하죠.

Q   <사자에 씨>에 빗댄다고요?

A   네. 주인공인 사자에의 아버지이자 집안의 가장 이소노 나미헤이의 나이는 54세입니다. 애니메이션 속 인물이니까 예나 지금이나 늘 54세죠.

Q   아니, 생각보다 젊은데요? 저 지금 약간 충격받았어요…. 사자에 아버지의 나이가 연금이나 정년과는 어떤 관련이 있나요?

A   지금 54세라고 하면 젊다는 생각이 들지만 프로그램이 처음 방영됐던 1960년대 당시 일본은 정년이 55세, 남성의 평균 수명이 대략 65세였습니다. 다시 말해 사자에의

---

*   1969년 시작해 지금까지도 방영되고 있는 일본의 TV 애니메이션. 전업주부인 주인공 '사자에'와 한집에 사는 삼대 가족의 일상을 그린다.

아버지는 당시 정년이 1년, 평균 수명으로 따졌을 때 여생이 11년 남아 있다는 설정이었습니다. 이를 요즘 상황에 대입해 볼까요? 현재 일본 남성의 평균 수명은 약 81세이고 극에서 설정된 여생이 11년이었으니 사자에의 아버지는 70세가 되겠군요.

Q 지금으로 치면 일하고 있는 70세 아버지들과 같은 상황이네요.

A 그렇죠. 70세에도 여전히 정년을 앞둔 채 연금 수령 없이 일하고 있는 셈입니다. 일할 수 있을 만큼 건강하고 금전적으로 여유가 있는 사람이라면 연금 수급 개시 연령을 연장해도 무리가 없다는 주장에 종종 인용되지요.

Q 아하, 이렇게 연금, 정년과 연결되는군요. 그러고 보니 사자에 아버지의 모습이 요즘 70세 어르신처럼 보이기도 하네요. 이렇게 친근한 사례에 빗댄 설명을 듣다 보니 비유가 내용을 이해하는 데 무척 효과적이라는 생각이 들어요.

A 맞습니다. 하지만 잘못된 비유로 제 발등을 찍는 일도 많습니다. 종종 "비유하자면" 하고 빗댄 표현이 오히려 더 이해하기 어렵기도 합니다. 이럴 때 듣는 사람은 머릿속이 멍해집니다.

프로그램을 진행할 때도 이따금 통달한 듯한 표정으로

역사 속 에피소드를 들며 "그때와 지금의 상황이 비슷합니다" 하는 게스트가 있습니다만 '그때'가 역사를 잘 아는 사람이나 겨우 알 만한 사건이라면 시청자 대부분은 알아듣지 못합니다.

Q 진행자로서 그럴 때는 어떻게 하시나요?

A 진행자의 지식이 시험대에 오르는 순간입니다. "아, 그때는 그랬고 지금은 이러니까 분명 비슷한 부분이 있군요" 하고 시청자가 이해하기 쉽도록 그 자리에서 받아칠 수 있는 능력이 필요하지요.

Q 평소의 학습량이 탄로 나겠군요.

A 원론적인 이야기이기는 합니다만 TV에서는 이야기가 길어질 수 있으니 비유를 남발하지 않는 편이 좋습니다. 출연 한 번에 비유 한 번 정도의 빈도가 적당하다고 봅니다. 비유를 남발하면 제작진은 '또 시작이군' 하고 고개를 떨굽니다.

8

Behavior

눈에 새겨진 이미지를
어떻게 바꿀 것인가

메라비언의 법칙

Q 같은 내용이라도 이야기가 무척 설득력 있게 느껴지는 사람
   이 있는가 하면 그렇지 않은 사람도 있어요. 과연 어떤 부분
   에서 차이가 나타나는 걸까요?

A 커뮤니케이션 관련 워크숍이나 서적에 반드시 등장하는
   내용이 있습니다. 바로 '메라비언의 법칙'입니다. 1971
   년, 미국 캘리포니아대학교 로스앤젤레스 캠퍼스의 심리
   학 교수이던 앨버트 메라비언이 발표했습니다.
   메라비언의 법칙은 누군가가 발언할 때 상대방에게 영
   향을 미치는 요소는 언어 정보가 7%, 청각 정보가 38%,
   시각 정보가 55%라는 법칙입니다. '7-38-55 법칙'이라
   고도 불리지요.

Q 시각 정보의 영향이 55%로 제일 크네요. 그만큼 눈으로 보
   는 이미지가 중요하다는 뜻인가요?

A 맞습니다. 바꿔 말해 듣는 사람은 말하는 사람의 몸짓이
   나 표정 등을 통해 55%, 말의 속도나 음색을 통해 38%

의 영향을 받지만 이야기 내용을 통해서는 고작 7%밖에 영향을 받지 않는 셈입니다. 상당히 의외죠.

Q 말하는 사람은 내용에 잔뜩 공을 들이는데 듣는 사람은 내용 보다는 오감을 통해 영향을 받는군요.

A 그렇습니다. 예컨대 직장에서 상사가 웃는 얼굴로 나무라거나 미간을 찌푸리며 칭찬한다면 직원은 어떻게 받아들일까요? 꾸지람을 듣더라도 상사가 웃고 있다면 그다지 꾸지람 듣는다고 느껴지지 않을 테고 반대로 아무리 칭찬을 들어도 상사가 미간을 찌푸리고 있다면 칭찬을 들었다는 기분이 들지 않을 테지요. 그만큼 표정은 듣는 사람에게 큰 영향을 미칩니다.

Q 상사가 되고 보니 직원이 "네, 알겠습니다" 하고 대답하더라도 표정이나 몸짓, 목소리 톤을 보고 '이 친구, 제대로 이해한 게 맞나?' 싶을 때가 있더라고요. 하지만 말의 내용보다 눈에 보이는 이미지로 성패가 좌우된다니 좀 아쉽긴 하네요.

A 그렇게 해석하기에는 무리가 있습니다. 말의 내용은 여전히 매우 중요합니다. 다만 상대방에게 자신이 생각하는 바를 전달하고자 할 때는 언어 정보, 청각 정보, 시각 정보가 모두 서로 모순되는 부분 없이 조화를 이루고 있어야 합니다. 아무리 훌륭한 내용이라도 표정이나 목소

리 톤과 맞지 않으면 상대방에게 제대로 전달되지 않습니다. 오히려 우스꽝스럽지요.

저희 프로그램에도 심각한 사안을 웃으며 이야기하는 게스트가 종종 있는데요. 방송에 그런 모습이 너무 자주 비치면 게스트가 왜 웃느냐고 시청자 항의가 들어오기도 합니다.

Q 아하, 그러니까 결국 말의 내용과 전달 방식의 균형이 중요하다는 뜻이군요!

A 1장에서 고타니 씨가 프로그램 시작 직전에 게스트의 대본을 뺏는다는 에피소드를 소개해 드렸는데요. 이 방법 역시 메라비언 법칙에 따른 조치입니다.

Q 아, 게스트가 대본에 눈을 고정한 채 말하기보다 똑바로 앞을 보며 말하는 편이 설득력 있다는 뜻이군요.

A 출연자의 표정이나 몸짓이 말하는 내용 이상으로 이미지를 결정하는 데 영향을 미친다면 대본은 덮는 것이 더 합리적이라고 할 수 있습니다. 설령 진행자가 변화구 질문을 던지더라도 즉흥적으로 되받아치면 그만입니다. '어떻게 대답하지?' 하고 망설이면 안 됩니다. 시청자는 답변 내용보다 여유를 갖고 즉시 되받아칠 수 있는지를 더 관심 있게 지켜보기 때문이지요.

어깨가 기울어져 있지는 않은지
점검해 볼 것

Q TV는 그 어떤 매체보다 철저하게 '메라비언의 법칙'이 적용
   되는 환경이지요. 눈에 보이는 이미지를 위해 방송할 때 특
   별히 신경 쓰시는 부분이 있나요?

A 자기반성을 겸해 공유하고 싶은 내용이 참 많습니다. 10
   년 전, 이제 막 방송일을 시작했을 무렵에는 제가 출연
   한 방송을 녹화해 '나 홀로 평가회'를 하곤 했습니다. 우
   선 자세부터 눈에 들어오더군요. 등이 굽고 양어깨 높이
   가 서로 달라 엉성해 보였습니다. 고개도 기울어져 있었
   고요.

Q 확실히 자세가 인상에 큰 영향을 미치죠.

A 그리고 차트나 모니터를 가리킬 때 손이 흐늘거렸습니다.

Q 손끝이 움직이면 어딘가 불안해 보이고 보는 사람의 집중력
   도 흐트러지죠.

A 모니터나 차트를 통해 도표를 설명하는 일이 잦은 정보

프로그램에서는 설명 내용과 가리키는 내용이 서로 다르면 머리에 잘 들어오지 않습니다. 따라서 요즘은 말하는 내용에 해당하는 부분을 지시봉으로 정확히 가리키도록 신경을 쓰고 있습니다.

예능인의 반사 신경

Q   말할 때는 어떤 표정을 짓는 게 좋을까요?

A   저도 여전히 고민하는 부분 중 하나가 바로 표정입니다. TV 출연이 익숙지 않은 사람이라면 대체로 마찬가지겠지만 저 역시 표정이 풍부한 편은 아니었습니다. 밝은 내용을 이야기할 때는 환한 표정을, 가슴 아픈 이야기를 들을 때는 슬픈 표정을 짓는 것이 자연스럽습니다. 특히 TV에서는 조금 과장돼 보일 정도로 표정을 짓는 게 좋습니다.

하루는 어느 기업인의 부고 뉴스를 해설하게 되었습니다. 취재로 여러 번 도움을 주셨던 분이라 제 딴에는 진심으로 조의를 표했습니다만 나중에 녹화본을 돌려 보니 슬픈 느낌보다는 냉정한 느낌이 들더군요.

Q   생각이 반드시 표정과 일치하지는 않는군요.

A   특히 TV에서는 본인의 생각보다 더 무표정하게 보입니다. 가끔 특집 방송 같은 곳에서 예능인들을 만나는데 풍

부한 표정에 감탄이 절로 납니다. 영상이 흘러나오는 중간중간, 화면에 조그맣게 출연자의 얼굴을 비춰 줄 때가 있는데요. 표정도 좋고 반사 신경도 훌륭합니다. 진정한 '예능'이라는 생각이 든달까요? 저에게는 여전히 어렵지만요.

Q 목소리 톤은 어떻게 해야 할까요?

A 요즘 젊은 세대 중에는 습관적으로 말끝을 올리는 분들이 많습니다. 저도 말끝을 올리는 버릇이 있는데 어느 날 책임 프로듀서가 저에게 "말이 가볍게 느껴지니 고치는 편이 좋아요" 하고 지적하더군요. 하지만 한번 몸에 밴 습관을 고치기란 쉽지 않습니다. 게다가 끝을 내렸더니 말을 알아듣기가 어렵고 자신감이 없어 보였습니다.

Q 우물우물하며 말끝을 흐리면 자신감이 없어 보이죠.

"~인 것 같습니다"는 자신 없어 보인다

A   걸핏하면 말끝에 "~인 것 같습니다"나 "~라고 알려져 있습니다"를 붙이는 사람도 자신감이 없어 보입니다. 본인의 발언이 틀렸을 때를 대비한 술수로 보일 수 있으니 굳이 사용할 필요가 없다면 사용하지 않는 편이 좋습니다. 직장에서 "잘 처리하겠습니다", "잘 대처하겠습니다"라는 말을 남발하는 사람이 종종 있습니다. 듣는 쪽에서는 '아무것도 안 할 생각인 거 같은데' 하는 생각이 들죠. 이와 마찬가지로 "~인 것 같습니다"나 "~일 수도 있습니다" 같은 표현을 너무 자주 사용하면 말에서 책임감이 느껴지지 않습니다.

Q   문장 사이사이에 "그…"나 "그러니까…"를 집어넣는 말버릇도 있어요.

A   무의식적으로 사용하기 때문에 본인은 인식하지 못할 때가 많습니다. 듣기에 거슬려 이야기에 집중하기 어려우니 되도록 줄이려고 노력해야 합니다.

"~인 것 같습니다"처럼 완곡한 표현을 즐겨 쓰는 사람도, "그…"나 "그러니까…"를 남발하는 사람도 그 말을 하는 순간 대부분 몸이 흔들리거나 눈빛이 갈 곳을 잃습니다. 메라비언의 법칙대로라면 시각 정보, 청각 정보, 언어 정보를 총동원해 '자신 없음'을 표현하고 있는 셈이지요.

Q 그 밖에 주의를 기울여야 할 말버릇이 있을까요?

A TV에 막 출연하기 시작할 무렵 저에게는 말 사이사이에 "뭐…"를 넣는 습관이 있었습니다. '이렇게 자주 사용하는구나!' 하고 녹화본을 보다 깜짝 놀랐어요. "뭐…"를 남발하면 무례한 사람이라는 인상을 줄 수 있습니다. 그래서 요즘은 최대한 사용하지 않으려고 합니다.

그리고 TV나 라디오를 하다 보면 긴장한 탓에 입이 말라 말을 시작할 때 '쩝' 하는 소리가 날 때가 있습니다. 이 역시 듣는 사람을 불쾌하게 하지요. 따라서 방송 중간중간 준비해 주신 물을 마시며 입안을 촉촉하게 유지하려고 노력합니다.

Q 다른 사람 이야기에 맞장구치는 방법도 사람마다 다르죠?

A 저는 당연히 "네"나 "그렇군요" 같은 말로 장단을 맞추는 편이 좋다고 생각했습니다. 하지만 녹화본을 보니 마

이크 너머로 들리는 제 맞장구가 톤이 높고 듣기가 거북하더군요. 이후로는 "네"의 횟수를 조금 줄였습니다. "그렇군요"도 진심으로 동조할 때만 사용합니다. 그렇지 않으면 오히려 상대방의 이야기를 제대로 이해하지 못한 것처럼 보일 수 있으므로 주의해야 합니다.

넥타이 색깔에 주의할 것

Q 말씀하신 내용 모두 TV 출연할 때뿐만 아니라 평소 대화할 때도 주의를 기울여야 할 사항들이네요. 갑자기 궁금해졌어요. 평소 방송에 입고 나오는 옷들은 모두 스타일리스트가 준비해 주는 의상들인가요?

A 네. 감사하게도요. 방송 전 분장실에 들어가면 정장, 넥타이, 벨트, 구두가 한 벌로 준비되어 있습니다. 저는 패션에 관심이 없는 편이라 그냥 내버려 두면 넉넉한 사이즈의 편한 옷을 고르는 데다 같은 옷을 여러 번 돌려 입는 일도 많습니다. 스타일리스트 없이 혼자였다면 도저히 감당할 수 없었을 거예요.

Q 스타일리스트가 없으면 단정치 못한 복장이 되기 쉽죠.

A 맞아요. 하지만 스타일리스트가 있으면 어림도 없습니다. 몸에 딱 맞는 옷이 아니면 입히질 않아요. 솔직히 셔츠랑 바지가 약간 낄 때도 있는데요. 스타일리스트에게 말하면 그렇게 입어야 보기 좋다는 대답이 돌아옵니다.

Q 전문가의 의견이라면 따르는 게 맞겠네요.

A 네. TV에 출연한다면 넥타이는 가급적 화려한 디자인을 고르라고 하더군요. 평소라면 착용하지 않을 법한 색상이나 무늬의 넥타이를 매는 날에는 '아, 아무리 생각해도 이건 좀 아닌데….' 하고 꺼려지는데요. 막상 화면으로 보면 그다지 화려해 보이지 않습니다.

Q 의상에도 TV에서만 통하는 상식이 있군요.

A 방송에서는 여성 아나운서와 짝을 이루어 출연하는 일이 많기 때문에 양쪽 스타일리스트가 서로 협의해 색이 겹치거나 너무 동떨어진 느낌이 들지 않도록 조정합니다. 옷이나 넥타이의 색상과 무늬가 당일 방송 주제와 어울리는지도 고려합니다. 미국 대통령 선거를 다루는 날에는 빨간색이나 파란색 넥타이를 착용하지 않습니다. 빨간색이면 공화당을, 파란색이면 민주당을 지지한다고 받아들여질 수 있으니까요.

Q 국제 정세를 자주 다루는 프로그램이다 보니 신경 써야 할 부분도 많겠어요.

A 우크라이나 전쟁을 다룰 때는 러시아 국기를 연상시키는 빨간색, 파란색, 흰색 넥타이는 피합니다. 우크라이나가 떠오르는 파란색, 노란색 역시 착용하지 않지요. 게스트

중에는 우크라이나와 연대한다는 의미로 일부러 파란색, 노란색 넥타이를 착용하는 분들도 있습니다. 게스트는 신념을 담아 의상을 선택해도 상관없겠지만 진행자는 기본적으로 중립을 지켜야 합니다. 따라서 그럴 때는 어떤 메시지도 담지 않은 넥타이를 선택합니다.

'설교, 옛날이야기, 자기 자랑' 금지

Q 그 밖에 보는 이들에게 좋은 인상을 주는 비결이 있다면요?

A 눈에 보이는 이미지와는 그다지 관련이 없는 사항일 수
   도 있는데요. 일단 무례한 인상을 주어서는 안 됩니다.
   이때 말하는 내용도 잘 살필 필요가 있습니다. 대화가 지
   나친 자기 자랑으로 흘러가지 않도록 주의를 기울여야
   합니다. "나이 먹고 입에 담아서는 안 되는 세 가지, 바로
   설교, 옛날이야기, 자기 자랑입니다." 일본의 배우이자
   예능인인 다카다 준지 씨가 한 말입니다. 명언이라고 생
   각합니다.

Q 셋 다 젊은 사람이 질색할 만한 주제네요. 하지만 설교, 옛날
   이야기, 자기 자랑을 빼고 나면 무슨 이야기를 하죠?

A 다카다 씨는 "그래서 저는 야한 이야기만 합니다" 하더
   군요. 물론 이건 다카다 씨의 평소 캐릭터 덕분에 가능한
   발언이지만요.

Q 자기 자랑을 듣는 게 고역이기는 하죠.

A TV나 잡지에 나오는 이들 대부분은 성공한 사람들입니다. 시청자나 독자에게는 질투의 대상이 되기도 하죠. 따라서 자랑 조로 이야기하면 불쾌감을 느낍니다. 성공한 사람일수록 자신의 실패담이나 약점을 섞어 가며 이야기해야 듣는 사람에게 반감을 사지 않습니다.

Q 그래야 인간미도 느껴지고 이야기가 현실적으로 와닿지요.

소프트뱅크 회장 손정의의
자학식 화법

A 『닛케이 비즈니스』 같은 경제 주간지에서 특히 인기 있는 기사는 소프트뱅크 그룹 손정의(일본명 손 마사요시) 최고경영자 겸 회장이나 패스트리테일링 야나이 다다시 회장의 인터뷰입니다. 두 사람 모두 일본을 대표하는 기업인이자 거부(巨富)로, 일반적으로는 질투의 대상입니다. 하지만 실패담을 숨김없이 털어놓는다는 공통점이 있습니다. 심지어 '실패는 내 책임'이라고 깔끔하게 인정하지요.

Q 하긴 성공한 사람이 성공한 이야기를 해 봐야 재미가 없어요.
A 손 회장은 "머리카락이 다 빠질 만큼 열심히 했습니다"라거나 "소프트뱅크의 휴대전화는 최고로 얇고 가볍습니다. 제 머리카락 이야기가 아니에요"라며 일부러 본인의 머리숱을 웃음 소재로 삼기도 합니다.

Q 그런 이야기를 들으면 친근감이 확 들어요.

A   패스트리테일링의 야나이 회장은 『일승구패(一勝九敗)』라는 책을 썼습니다. 그만큼 패스트리테일링은 '유니클로'로 세계에서 손꼽는 의류기업이 되기까지 여러 실패를 경험했지요.

온라인 채소 판매 사업은 1년 반 만에 철수했고 스포츠 의류 브랜드 '스포클로'도 좌절을 맛봤습니다. 미국·유럽 시장 진출도 초기에는 수익이 나지 않아 혼란을 겪었습니다. 협력업체의 열악한 노동 환경으로 '블랙 기업'이란 꼬리표가 붙기도 했습니다. 야나이 회장은 어떤 실패담이나 교훈도 거리낌 없이 털어놓습니다.

Q   실패가 있었기에 지금의 성공이 있다, 뭐 그런 걸까요?

A   실패나 비판을 두려워해서는 아무것도 하지 못한다, 작은 실패를 끊임없이 거듭해 커다란 성공을 이끌어 내자, 라는 것이 야나이 회장의 기본적인 생각입니다.

패스트리테일링은 인재 기용의 측면에서도 재미있는 점이 있는 회사입니다. 현재 유니클로의 세컨드 브랜드 'GU(지유)'를 이끄는 유노키 오사무 대표는 앞에서도 언급한 온라인 채소 판매 사업에서 회사에 큰 손실을 안긴 인물입니다. 당시 유노키 대표가 실패에 책임을 지고자 사의를 전달했으나 야나이 회장이 손실 대비 10배의 이익으로 갚으라며 붙잡았다는 일화는 유명합니다.

Q 가장 밑바닥에서부터 치고 올라간 이야기이기 때문에 우리
가 감정 이입을 할 수 있는 거군요. 철두철미 대처해 나간 끝
에 성공했다는 이야기는 재미도 없고 그다지 참고할 만한 내
용도 없으니까요.

실전에서 긴장하지 않는 법

Q TV 출연이든 프레젠테이션이든 실전에서 긴장하지 않는 비법이 있을까요?

A TV 출연이 됐든 프레젠테이션이 됐든 회사 면접이 됐든 100점 만점을 받겠다는 생각을 버리는 것이 가장 중요합니다. 준비한 내용을 모두 이야기하겠다고 마음먹으면 할 말을 잊어버릴까 봐 불안해져 괜히 긴장됩니다. 실전에 들어가서도 답변하려던 내용을 딱 하나 놓쳤을 뿐인데 대번 초조해지고요.

Q 조금 더 대범하게 임해야 한다는 말씀인가요?

A 네. 꼭 하고 싶은 한두 가지 이야기에만 포커스를 맞추시기 바랍니다. TV에 섭외된 이유 혹은 프레젠테이션이나 강연을 제안받은 이유는 본인이 해당 주제를 잘 알고 있기 때문입니다. '여기에 나보다 더 잘 아는 사람은 없어' 하고 생각하면 조금은 마음이 편안해집니다.

Q 하지만 예상치 못한 질문이 나올까 봐 불안해요.

A 아마 본인은 이야기를 듣고 있는 여느 사람보다 해당 분야를 잘 알고 있을 겁니다. 어떤 질문이든 답변을 못 할 리가 없습니다. 만약 방송 시작 전 회의에서 질문을 받았다면 막힘없이 대답해 내겠지요. 그런데 실전에서는 왜 말이 쉽게 나오지 않을까요?

Q 음…. 100점을 받으려고 하니까?

A 맞습니다. 그러니 완벽한 답변을 위해 순서대로 설명하는 행위는 그만두기로 합시다. 회의할 때처럼 이야기하면 됩니다.
질문에 적절한 답변이 곧장 생각나지 않을 때 사용할 수 있는 대처 방법을 한 가지 알려 드리자면 "당신은 어떻게 생각하십니까?" 혹은 "여러분은 어떻게 생각하십니까?" 하고 현장에 있는 사람들에게 질문을 넘겨 시간을 버세요. 아마 전문가가 듣기에는 미숙한 의견이 돌아와 듣고 나면 조금 안심이 될 겁니다. 그런 다음 본인의 의견을 말하세요.

Q 오호, 유용한 팁이군요.

A 남은 일은 오직 준비와 연습입니다. 현장을 머릿속으로 그리며 연습을 반복하세요. 초시계로 시간을 재면서 예

행연습을 합니다. 더불어 시간이 반으로 줄었을 때는 어디를 어떻게 줄일지까지도 생각해 둔다면 실전에서 당황할 일은 없겠지요. TV 생방송에서든 프레젠테이션에서든 시간이 예정보다 짧아지는 일은 비일비재하니까요.

9

Content

내용을 어떻게 선정할 것인가

'큰 거 한 방'으로 끝나는 사람,
그렇지 않은 사람

Q 앞에서는 눈에 보이는 이미지에 관해 이야기를 나누어 봤는
   데요. 이제 다시 말의 내용으로 돌아가 볼게요.

A 네. 좋습니다. 앞 장에서 메라비언의 법칙과 함께 설명해
   드린 바와 같이 시각 정보가 듣는 사람에게 크게 영향을
   미치는 것은 분명합니다. 하지만 눈에 보이는 이미지가
   힘을 발휘하는 데는 한계가 있습니다. 내용이 탄탄하지
   않으면 언젠가는 빈약한 밑천이 드러나고 맙니다.

Q 무슨 말씀인지 알 것 같아요. 첫인상은 좋았는데 점점 이야
   기에 깊이가 없다거나 계속 같은 말만 되풀이한다고 느껴지
   는 사람이 있거든요.

A TV에 출연하는 사람 중에도 이른바 '큰 거 한 방'으로 끝
   나는 사람이 있습니다.
   일본 제일의 입담꾼을 가리는 'M-1 그랑프리'* 우승자

---

* 일본에서 2001년부터 매년 12월에 개최되는 일종의 개그 콘테스트. 주로
   두 명의 코미디언이 팀을 이뤄 만담 형식의 개그를 선보인다.

중에도 우승 이후 계속 인기를 유지하며 예능 프로그램 사회자로 발탁되는 사람이 있는가 하면 점차 무대 위에서 자취를 감추는 사람도 있습니다. 같은 팀 안에서도 희비가 엇갈리지요. 처음에 선보인 만담이 재미있었는지와는 별개로 이후에 내놓는 새 에피소드들이나 예능 프로그램에서의 활약을 보면 해당 코미디언의 진짜 능력이 서서히 드러나기 때문입니다. 이 사례만 보더라도 말의 내용이 중요하다는 사실에는 이견이 있을 수 없습니다.

특종을 이기는 이야기는 없다

Q 말의 내용에서 특별히 중요하게 여기는 부분이 있다면 무엇
   인가요?

A 보도 현장에서 일하는 사람에게 가장 강력한 콘텐츠는
   뉴스이고 그중에서도 최고는 바로 특종입니다. 큰 회사
   간 합병 소식이나 이름난 정치인의 부정부패 실태 폭로
   등 다른 매체를 따돌리고 단독으로 보도하는 대형 뉴스
   말입니다. 이런 뉴스는 극단적으로 말해 의사소통 기술
   도 중요하지 않고 기사를 잘 쓸 필요도 없습니다.

Q 뉴스 자체에 임팩트가 있으니 연출에 공들일 필요가 없군요.

A 소위 말하는 5W2H에 따라 '언제', '어디에서', '누가',
   '무엇을', '왜', '어떻게', '얼마를 들여(How Much)' 행동
   했는지 담담하게 전하기만 하면 됩니다.

Q 아무도 모르는 사실을 나만 알 때 말하기가 무척 쉬워진다는
   말씀이군요.

A   일상적인 대화에서도 마찬가집니다. 예를 들어 지인 모임에서 한 사람이 "근데 그거 아세요? ○○씨 부부 이혼한대요"라고 말했다 칩시다. 처음 듣는 소식이라면 다들 흥미진진하게 이야기를 듣겠지요. 말을 잘하든 못하든, 어떤 순서로 말하든 그다지 중요하지 않습니다.

Q   모두가 궁금해하는 소식이라면 화자가 아무리 말에 소질이 없어도 모든 사람이 귀를 쫑긋 기울이죠.

A   뉴스를 해설할 때도 똑같습니다. 제작진이 특정 뉴스를 해설해 달라고 요청했을 때, 제가 해당 뉴스와 관련해 아무도 모르는 새 소식을 알고 있다면 그만큼 편한 일이 또 없습니다. 시청자의 마음을 사로잡을 도입부나 특별한 접근 방법을 고민할 필요 없이 사실을 있는 그대로 전달하기만 하면 됩니다.

Q   다른 사람이 모르는 정보를 알고 있을 때 힘이 생긴다고 할

수 있겠네요.

A   그렇죠. 특히 신문 기자는 특종을 많이 따올수록 좋은 평가를 받습니다. 일본신문협회가 매년 가장 훌륭한 보도에 수여하는 일본신문협회상을 수상할 만큼 큰 특종은 기자 인생 내내 훈장이 되어 줍니다. 잡지는 신문만큼 특종을 좇지는 않지만 그래도 새로운 소식을 싣기 위해 최선을 다합니다.

프레시, 핫, 오리지널

A   『닛케이 비즈니스』 편집장 시절 저의 기획 기사 채용 방침은 '프레시, 핫, 오리지널'이었습니다.

Q   어떤 의미인가요?

A   기자나 편집자가 가져오는 기획 기사 아이디어 중에서 실제로 채택할 아이디어를 고를 때 중점을 두는 기준으로, '프레시'는 참신성을, '핫'은 화제성을, '오리지널'은 고유성을 의미합니다.
    즉, 아직 세상에 알려지지 않아 뉴스로서 가치가 있는지, 뉴스로서의 가치는 크지 않더라도 대중들 사이에서 크게 화제가 되고 있는 주제인지, 독자적인 접근법이나 상식을 뒤엎는 관점이 담겨 있는지를 기준으로 아이디어를 판단합니다.
    당시 직원들에게는 세 가지 기준 중 두 가지 이상 만족하면 기획 기사로 채택하겠다고 공표했습니다.

Q   그렇게 해서 세상에 나온 기획 기사에는 어떤 것들이 있나

요?

A 예를 들어 일본 국내 통신 회사 KDDI가 새로이 아이폰
판매에 뛰어든다는 소식이 『닛케이 비즈니스』의 단독
보도로 세상에 알려졌습니다. 이전까지 일본에서는 소프
트뱅크를 통해서만 아이폰을 구매할 수 있었습니다. 소
프트뱅크의 아이폰 독점 판매 체제가 붕괴했음을 알린
이 뉴스는 '프레시'가 의미하는 참신성, '핫'이 의미하는
화제성의 측면에서 더할 나위 없는 기획 기사였습니다.

다만 잡지에서 이런 특종 기사를 보도할 기회는 흔치 않
습니다. 기자나 편집자가 제안하는 기획 아이디어는 보
통 화제성 있는 주제를 다룹니다.

Q 대중의 관심사에 초점을 맞추고 해당 주제를 심층 취재하는
기획 아이디어군요.

A 그때는 '오리지널', 즉 고유성을 따져 봅니다. 예를 들어
"임금 인상, 올해는 사회 전반으로 확장될까"라는 제목
의 기획 아이디어는 기각했지만 "임금 인상 여력이 있는
회사 순위"라는 타이틀을 내건 아이디어는 채택했습니
다. 후자에는 상장 기업의 수익이나 자산 보유 현황으로
부터 회사별 임금 인상 여력을 산출해 낸다는 잡지 특유
의 독창성이 있었기 때문입니다. 실제로 많은 독자분이
해당 특집 기사를 읽어 주셨습니다.

Q 지금 들어도 읽어 보고 싶은 주제인데요? 설명을 들으니 '프레시, 핫, 오리지널'이 머리에 쏙쏙 들어오네요. 다방면으로 응용도 할 수 있을 것 같아요.

A 저는 뉴스 해설할 때 활용합니다. 전달하고자 하는 해설 내용에 세 항목이 얼마나 담겨 있는지를 확인합니다. 참신성도, 화제성도, 고유성도 없는 멘트는 해 봤자 큰 의미가 없을 테니까요.

Q 일상적인 대화에서 내가 하려는 말에 가치가 있는지 확인할 때도 활용할 수 있겠어요.

A 맞아요. 직장 상사에게 보고할 때는 물론이고 회의에서 발언할 때, 사석에서 허심탄회한 대화를 나눌 때 참신성도, 화제성도, 고유성도 없는 말만 하는 사람은 '재미없는 사람'이라는 꼬리표가 달립니다. 이번 기회에 '프레시, 핫, 오리지널'을 기준으로 평소의 발언을 한번 돌아보는 것도 좋겠네요.

정보에는 유통 기한이 있다

Q 세 가지 기준 중 가장 먼저 언급된 '프레시'를 조금 더 자세히 알아볼까요. 정보의 참신성이 기준에 포함되어 있다는 건 그만큼 '보도 시점'이 중요하다는 뜻이겠지요?

A 맞아요. 정보에는 유통 기한이 있습니다. 당장은 뉴스로서 가치 있는 정보라도 다음 날이면 이미 모두가 아는 정보가 되어 있을 수도 있습니다. 그러면 정보의 가치가 급격하게 떨어지지요. 따라서 신문도, 잡지도, TV 보도 프로그램도 언제, 어떤 방법으로 보도할지 내부적으로 늘 활발하게 의견을 주고받습니다.

Q 판단이 늦어지면 힘들게 특종을 따낸 기자의 노력이 수포가 될지도 모르니까요.

A 한편 섣불리 보도했다가 오보라도 나면 사회에도, 취재 대상에게도 피해를 줍니다. 기자도, 언론사도 신용을 잃고요. 각 언론 매체는 이러한 리스크 속에서 보도 시점을 가늠합니다.

'종이 매체가 최우선'인
시대는 끝났다

Q 요즘에는 인터넷 매체가 있으니 보도하려고 마음만 먹으면 언제든지 가능하겠어요.

A 말씀하신 대로입니다. 하지만 라이벌 역시 같은 무기를 쥐고 있으니 선수를 빼앗길 여지도 있지요.

심지어 최근에는 SNS의 보급으로 정보의 전파 속도가 빨라지면서 아무리 새로운 소식이라도 몇 시간만 지나면 누구나 알게 되어 낡은 정보 취급을 받습니다. 때로는 우리가 가장 먼저 특종을 땄음에도 단 몇 시간 판단이 늦어지는 바람에 다른 매체를 뒤쫓아 보도한다고 눈총을 받기도 합니다.

Q 그건 좀 억울한데요.

A 그만큼 정보의 신선도가 중요하며 유통 기한을 염두에 두고 보도할 필요가 있다는 뜻입니다. 얼마 전까지만 해도 신문에서든 잡지에서든 종이 매체에 싣는 특종이 진짜 가치 있는 뉴스라는 생각이 주류를 이루었지만 지금

은 인식이 꽤 많이 바뀌었습니다.

『니혼케이자이신문』, 그러니까 『닛케이신문』에서는 조간 1면에 게재할 기사를 전날 저녁 '닛케이신문 전자판'의 '이브닝 특종'이나 '특보'로 보도하는 일이 많아졌습니다. TV도쿄에서도 보도국 기자가 따온 뉴스의 보도 시점을 밤에 방송되는 <월드 비즈니스 새틀라이트>까지 늦추기가 어렵다고 판단되면 보도국이 운영하는 콘텐츠 플랫폼 'TV도쿄 BIZ'에서 먼저 공개하도록 방침을 정했습니다.

SNS에서 전파되기 쉬운
주제를 고를 것

Q 세 가지 기준 중 두 번째로 언급된 '핫'의 정의도 조금 더 자세히 설명해 주세요. 화제성이란 구체적으로 어떤 의미인가요?

A 여러 뉴스나 사건 중에서도 대중의 관심이 쏠리는 주제를 두고 화제성이 있다고 말합니다. 찬반 의견이 갈리는 주제들 말이죠. 모든 사람이 같은 의견을 가지는 사안보다는 "네 생각은 그렇지만 내 생각은 이렇다" 하고 술자리에서 격렬한 논쟁이 오갈 법한 주제라고나 할까요?

Q 말하자면 '핫 이슈', 사람들 사이의 뜨거운 감자 말씀이군요.

A '핫'한 주제를 채택하면 TV 프로그램에서는 시청자가 늘고 잡지에서는 독자가 늡니다. 인터넷 매체가 화젯거리를 만들어 주면 SNS를 통해 전파됩니다. 저 역시 직접 진행하는 프로그램에서는 핫한 주제를 특집으로 선정하기 위해 애쓰고 뉴스 해설자로 출연하는 프로그램에서는 화제성 있는 뉴스를 다루려고 노력합니다.

Q 대중의 관심사도 매일매일 달라지지요?

A 화제성을 고려할 때도 유통 기한을 신경 써야 합니다.
다만 이때는 빠른 것만이 능사는 아닙니다. 잡지에서도
종종 '너무 앞서 나간 기획 기사'가 나올 때가 있습니다.
뉴스 해설할 때 역시 마찬가지입니다. 제 나름대로는 앞
날을 내다보며 준비한 멘트일지라도 시청자의 관심사가
아직 거기까지 미치지 못한 상황이라면 반응이 미미합
니다.

인터넷 검색으로 찾을 수 있는 정보는
가치가 높지 않다

Q 마지막에 언급된 '오리지널', 즉 정보의 고유성도 상세하게
   설명해 주세요.

A 간단히 말해 인터넷 검색으로 찾을 수 있는 내용은 그다
   지 가치가 높지 않다는 말입니다.

Q 기본적으로 스스로 경험하고 생각한 내용이 담겨 있어야 한
   다는 뜻인가요?

A 그렇죠. 상대방이 다른 사람의 말을 자기 생각인 양 이야
   기하면 어떤 식으로든 티가 나지 않나요? 잡지 인터뷰에
   서 상대방이 자신의 경험이나 생각을 바탕으로 이야기하
   지 않을 때 저는 대번 알아챕니다.

Q 어떻게 알 수 있나요?

A 앞 장에서 설명한 메라비언의 법칙에 딱 들어맞거든요.
   상대방의 표정, 몸짓, 음색, 내용을 모두 종합해 보면 본
   인의 경험을 토대로 말할 때와 어딘가에 적혀 있는 내용

을 자기 말처럼 전할 때는 확연히 구분됩니다.

Q 흡족해하며 이야기하는 상대방에게는 미안한 일이지만 '어
   디선가 들어본 적 있는 이야기군' 하고 흘려들으며 맞장구만
   칠 때도 있어요.

A 남의 말을 그저 되풀이하고 있는지 아닌지는 해당 분야
   의 전문가가 보면 금방 들통이 납니다. 가령 대학교수님
   들이 학생들의 답안지를 채점할 때도 인터넷 검색으로
   쉽게 찾을 수 있는 정보나 챗지피티 등의 생성형 AI를 통
   해 만들어 낸 문서는 금세 구별해 낼 수 있을 겁니다. 여
   러 학생의 답안을 보다 보면 비슷한 내용이나 표현이 부
   자연스러울 만큼 자주 나올 테니까요.
   너그러운 교수님이라면 'A, B, C, D, F' 중에 'D' 정도는
   주겠지만 아무래도 높은 점수는 주기 어렵겠지요.

Q 하지만 요즘 웬만한 정보는 모두 인터넷에서 찾을 수 있어
   요. 인터넷에 없는 내용으로 답안을 작성하기란 쉽지 않을
   듯한데요.

A 그래도 검색한 내용 그대로 복사해서 붙여넣기 하는 것
   과 검색한 내용을 참고삼아 스스로 생각하고 자기 말로
   표현하는 것에는 차이가 있습니다. 인터넷 검색은 그저
   정보를 수집하는 도구이고 검색을 통해 얻은 정보는 지

식에 불과합니다. 해당 지식을 토대로 스스로 깊이 생각하고 자신만의 고유한 관점을 더해 지혜로 바꾸어 나가야 합니다.

Q 모든 의사소통 작업에 고유성을 더하려면 아무리 시간을 투자해도 부족할 것 같다는 생각도 들어요.

A 안건의 중요도에 따라 어느 정도 조정이 필요하겠지요. 구직 활동할 때 쓰는 입사 지원서를 예로 들면 간절히 입사를 원하는 1지망 회사에는 보험 삼아 지원하는 회사보다 훨씬 더 시간과 정성을 들이겠지요. 인생을 좌우할 만한 자리에서는 이야기의 고유성에 공을 들여야 합니다. 요즘 생성형 AI로 입사 지원서를 대량으로 작성하는 행위가 횡행한다고 하더군요. 그런 식으로 요령을 부리며 사는 사람들은 언젠가 호되게 돌려받는 날이 오리라고 생각합니다.

두 번의 대지진을 통해 깨달은 교훈

Q 이야기에 고유성을 더하려면 어떤 노력을 해야 할까요?

A 많은 경험을 해야 합니다. 백문이 불여일견이라고 하잖아
요. 본인이 직접 눈으로 보고 귀로 들은 현장의 이야기는
설득력의 측면에서 확실히 차이가 있습니다. 따라서 기
자는 현장을 찾고 프로듀서는 현지 촬영에 나서지요. 저
도 현장을 직접 보고 뉴스 해설을 할 때 훨씬 더 확신을
가지고 말할 수 있습니다.

Q 실제 경험을 바탕으로 한 멘트에서는 호소력이 느껴져요. 역
시 고유성을 더하는 데는 오감을 통한 경험을 이길 만한 것
은 없나 봐요.

A 맞습니다. 1995년 고베 대지진 당시 저는 갓 입사한 신
출내기 잡지 기자였습니다. 마침 큰 기획 기사를 마감한
참이라 편집부 내에서 가장 시간 여유가 있었기 때문에
제일 먼저 피해 현장으로 달려갔습니다.
현지에서 구한 자전거를 타고 둘러본 재해의 참상은 지

금도 눈에 선합니다. 첫날은 도저히 이재민분들에게 말을 걸 만한 상황이 아니었습니다. 다음 날부터는 오사카에 있는 비즈니스호텔에서 매일 현장으로 빵이나 음료를 잔뜩 사서 출근해 필요한 분들에게 나누어 드리고 이야기를 들었습니다.

Q 그만큼 구호물자가 부족했군요.

A 현지에 구호물자가 도착했다는 보도가 있기도 했지만 실제로는 일부 지역에만 해당하는 이야기였습니다. 이 사실도 현장에 있었기 때문에 알 수 있었죠.
며칠 뒤 회사로 돌아온 저는 신기한 경험을 했습니다. 항상 제게 엄격했던 팀장님이나 선배 기자들이 이때만큼은 제 이야기에 귀를 기울이고 의견을 받아들여 주었습니다. 그때 깨달았습니다. 기자는 현장에 가야 한다는 사실을요.

Q 큰 재해가 발생했을 때 현장을 직접 눈으로 본 기자와 그렇지 않은 기자 사이에는 확실히 정보량 측면에서 압도적인 차이가 있나 봐요. 선배 기자들까지도 귀를 기울일 정도니까요.

A 2011년, 이제 막 『닛케이 비즈니스』의 편집장 자리에 앉았을 무렵 동일본 대지진이 발생했습니다.
고베 대지진을 경험한 저는 한 치의 망설임도 없이 편집부 기자들을 모아 이렇게 말했습니다. "지금 업무 여유가 있는 분 중에 현지에 갈 수 있는 분은 손 들어 주세요. 앞으로 당분간은 지진 특집 기사가 이어질 겁니다. 제 경험에 따르면 한시라도 빨리 현장을 보고 오는 사람이 향후 편집부를 주도합니다." 결국 기자들 대부분이 지진이 발생한 날로부터 한 달 안에 피해 현장을 찾았고 『닛케이 비즈니스』는 '3·11'이라는 제목으로 4주 연속 특집 기사를 내보내면서 당시 큰 반향을 일으켰습니다.

Q 경영진 측의 반응은 어땠나요?

A 위험 요소가 도사리고 있는 재해 현장에 기자들을 잔뜩 보냈다고 경영진은 노발대발했습니다. 하지만 지금도 저는 당시의 판단이 틀리지 않았다고 믿습니다.

Q 여러 기자가 현지 취재를 감행한 덕분에 현실성 있는 특집 기사를 내보낼 수 있었으니까요.

A 당시 가장 먼저 현장으로 달려간 기자가 보내온 첫 번째 기사를 보고 깜짝 놀랄 수밖에 없었습니다. "편집장님, 가게에 강도 피해가 잇따르고 있습니다." TV나 신문 어디에서도 보도된 적 없는 내용이었습니다. 처음에는 어디까지 보도해야 할지 망설였습니다만 이 역시 엄연한 현실이며 이재민의 주의를 환기한다는 차원에서 특집 기

사에 실었습니다.

Q 역시 현실을 알리면 현지에 가야 하는군요.

A 맞습니다. 누워서 침 뱉기나 다름없는 말이지만 보도 내용을 있는 그대로 믿어서는 안 됩니다. 최대한 직접 눈으로 보고 귀로 확인하는 것이 중요하다는 사실을 다시 한번 깨닫는 계기였습니다.

인풋을 멈추지 않는 저널리스트, 이케가미 아키라

Q 지금 여러 프로그램에서 진행자로, 또 뉴스 해설자로 활약하고 계시니 현장에 직접 나가기는 어렵지 않나요?

A 제가 가장 고민하는 부분입니다. 아마 TV에 출연하는 뉴스 해설자들의 공통된 과제겠지요. 스튜디오 출연이 잦을수록 현장에 나갈 시간을 확보하기가 힘듭니다.
뉴스 해설자는 기본적으로 아웃풋을 만들어 내는 사람입니다. 현장에 나가거나 전문가의 이야기를 듣거나 자료를 읽고 분석하는, 이른바 '인풋'의 시간이 없으면 이야깃거리가 고갈되어 판에 박힌 멘트만 되풀이하는 상태가 됩니다.

Q 인풋과 아웃풋의 균형이 무너지고 마는군요.

A 그런 측면에서 일본의 저널리스트 이케가미 아키라 씨에게는 배울 점이 많습니다. 저도 일하면서 몇 번 뵀는데요. 한때 이케가미 씨가 TV 출연을 고사했던 적이 있습니다. 지금도 해외 현지 촬영을 동반한 프로그램에 우선

적으로 출연하고 있고요. 이케가미 씨가 얼마나 인풋을 중요하게 여기는지 알 수 있는 대목입니다.

Q 인풋을 멈추지 않은 덕분에 오랜 시간 방송 제일선에서 활약할 수 있었던 셈이군요.

A 전에 이케가미 씨에게 "어떻게 이 많은 일을 다 하시나요?" 하고 물어본 적이 있습니다. 이렇게 답하더군요. "간단합니다. 저는 술을 안 마시거든요." 술을 마시지 않으니 집에 돌아가 책을 읽고 자료를 분석하며 인풋에 시간을 투자할 수 있다는 말이었습니다. 걸핏하면 유혹에 빠지고 마는 저에게는 무척 뼈아픈 한마디였죠.

명함 관리 애플리케이션

Q 지금 여러 프로그램에서 뉴스 해설을 하고 계시는데요. 취재
는 주로 어떻게 하시나요?

A 저는 현재 다수의 보도 프로그램에서 뉴스 해설을 맡은
덕분에 스튜디오에 게스트로 방문하시는 여러 전문가의
이야기를 들을 기회가 있습니다. 방송 시작 전에 게스트
분들과 간단하게 회의를 하는데 그때 방송과는 직접 관
계가 없더라도 평소 관심 있거나 궁금했던 점을 여쭤보
며 취재를 합니다.

Q 회의와 취재를 동시에! 아주 좋은 방법인데요?

A 네. 원래대로라면 제가 취재 요청을 드려야 하는 상황이
지만 스튜디오에 직접 찾아와 주시니 정말 행복한 근무
조건이지요. 방송을 통해 친분을 쌓은 분들과는 가끔 따
로 만나 정보 교환도 합니다. 덧붙여 명함 관리 애플리케
이션도 무기로 사용하고 있습니다.

Q 명함 관리 애플리케이션이요?

A 네. 취재나 방송을 통해 인연이 닿은 6,000명 넘는 인사들의 명함 정보가 전부 들어 있습니다.

    <월드 비즈니스 새틀라이트>에 출연하는 날에는 당일 저녁 무렵에 제가 해설할 뉴스가 정해지기 때문에 멘트를 정리하는 데는 고작 몇 시간밖에 주어지지 않습니다. 취재를 통해 미리 데이터를 축적해 둔 상황이라면 상관없지만 그렇지 않을 때는 해당 분야 전문가의 연락처를 명함 관리 애플리케이션에서 찾아내 전화나 메일로 의견을 묻습니다.

Q 정말 시간을 다투는 작업이네요.

A 네. 전문가분들은 신문이나 TV에서는 얻을 수 없는 정보를 갖고 있습니다. 전문가 의견을 바탕으로 멘트를 구성하면 정보의 고유성이 한층 높아집니다. 게다가 의견을 많이 들으면 들을수록 스스로 세운 가설에 확신이 생겨 더 자신 있게 멘트를 할 수 있습니다.

Q 인맥이 중요한 건 어떤 일을 하든 마찬가지네요.

A 일하다 벽에 부딪혔을 때 "알려 주세요!" 하고 기댈 곳이 있느냐에 따라 승부가 판가름 납니다. 일을 할 때는 올바른 판단을 내리는 것도 중요하지만 의사결정의 속도도

중요합니다.

따라서 금방 연락이 닿을 수 있도록 평소에도 관계를 유지해 두면 급할 때 도움이 됩니다. 저는 주로 명함 관리 애플리케이션을 이용하지만 페이스북 같은 SNS를 통해 인연을 이어가는 방법도 있습니다.

Q 유능한 기자, 편집자일수록 취재 막바지에 상대방의 연락처나 SNS를 묻는 데 능숙하더군요.

A 그렇죠. 인맥은 같은 회사 사람뿐만 아니라 고객이나 거래처 등 회사 외부까지 확장해 두는 편이 좋습니다.

일본 기업 문화는 사내를 중시하는 경향이 있습니다. 사내 지인에게 의견을 물으면 대부분 회사 내부 논리에 따라 조언을 하죠. "사실 그다지 좋은 방법은 아니지만 회사 관례다"라는 선배의 조언을 듣고 별생각 없이 따랐다가 먼 훗날 비리로 발각되는 일도 있습니다. 회사 외부에 믿을 만한 인맥을 만들어 놓지 않으면 본인도 모르는 사이에 회사의 논리에 물들어 비리나 부적절한 행위에 휘말릴 수 있습니다.

10
Listen
뉴스 해설자의 듣기 기술

"입은 하나, 귀는 둘"

Q '말하기 기술'에 이어 이번에는 '듣기 기술'을 자세히 살펴볼까 해요. 우선 '듣기'의 중요성에 관한 생각을 공유해 주실 수 있나요?

A 듣기는 '말하기의 일종'이라고 생각합니다.

Q 말하기의 일종이라…. 구체적으로 어떤 의미인가요? 얼핏 생각하기에 듣기와 말하기는 정반대 개념처럼 느껴지거든요.

A 우리의 인격이나 능력은 경청하는 자세 하나만으로도 상대방에게 충분히 전달됩니다. 직장에서도 상사의 설명 중간중간 고개를 끄덕이는 시점, 물어오는 질문을 살펴보면 대체로 해당 직원이 어떤 사람인지 알 수 있습니다.

Q 유능한 직원들은 정말 중요한 부분에서 고개를 끄덕이고 질문 역시 날카롭죠.

A 맞습니다. 아울러 들은 내용을 어떻게 보고서에 정리하고 어떤 액션을 취하는지 보면 대충 직원의 역량을 알 수

있습니다. 하지만 많은 사람이 듣기의 중요성을 간과합니다.

Q 확실히 말하기 기술에 비해 듣기 기술에는 그다지 관심을 기울이지 않는다는 느낌이 들어요. 2장에서도 잠깐 나왔지만 입사해서 얼마 지나지 않은 시기에는 본인이 말할 때보다 상사의 말을 들을 때가 훨씬 많잖아요. 그러니 연차가 낮은 주니어 시절에 듣기 기술을 연마해 두는 편이 좋겠어요.

A 유대인 격언 중에 '입은 하나, 귀는 둘'이라는 말이 있습니다. 본인이 하는 말의 두 배만큼 남의 이야기를 들으라는 가르침이 담겨 있죠. '현명한 사람은 질문을 하고 어리석은 사람은 자기 이야기를 한다'라는 말도 있습니다. 그러니까 동서고금을 막론하고 선인들은 늘 듣기의 중요성을 강조해 온 셈이지요.

Q 격언으로 전해 내려왔다는 건 그만큼 실천이 어렵다는 방증일지도 모르겠네요.

A 동의합니다. 보통은 본인이 하는 말의 두 배만큼 듣기는 커녕 듣는 말의 두 배만큼 자기 이야기를 하지요.

Q 격언과 정반대네요.

잘 듣는 사람은 공감 능력이 좋다

Q 듣기에서 가장 중요한 것은 무엇일까요?

A 기본적으로 공감하는 능력이 있어야 합니다. '상대방의
   이야기에서 재미있는 부분을 적극적으로 찾아내 공유하
   는 능력'이라고 바꿔 말해도 되겠네요.

Q 공감 능력이 있다는 말은 구체적으로 어떤 의미인가요?

A 예를 들어 회식 자리에 가면 자기 의견을 내세우기보다
   는 남의 말에 수긍하며 차분하게 들어 주는 사람이 있습
   니다. 술 한잔할 때 꼭 데려가게 되죠. 바로 공감 능력이
   있는 사람입니다.

Q 아, 제 주변에도 있어요. 그 사람에게는 사람도, 정보도 자연
   스럽게 모이더군요.

A 강연을 할 때 청중들 사이로 생글생글 웃으며 고개를 끄
   덕여 주는 분이 보이면 마음이 놓입니다. 긴 시간 일방적
   으로 이야기를 하다 보면 제 이야기가 제대로 전달되고

있는지 불안해지곤 하거든요. 그럴 때 미소를 짓거나 고개를 끄덕이는 분들을 보면 저도 덩달아 신이 납니다. 이분들도 공감 능력이 있는 분들이라고 할 수 있겠지요.

Q 그러고 보니 그런 사람이 들어 주면 희한하게도 뭐든지 털어놓게 되더라고요. 어떻게 하면 공감 능력을 기를 수 있을까요?

A 기술적인 요령이 있다기보다는 상대방의 이야기에 제대로 반응하겠다는 마음가짐에서 절로 우러나온다고 생각합니다. 상대방의 이야기 중 재미있다고 생각한 부분에 고개를 끄덕이며 "오, 흥미로운데요" 하고 더 듣고 싶다는 의사를 표시합니다.

'재미있다', '흥미롭다'라는 말을 듣고 기분 나빠할 사람은 없습니다. 그렇게 상대방이 자신의 이야기에 푹 빠져 한바탕 이야기를 쏟아 내게끔 분위기를 조성하는 거죠. 저 역시 제대로 실천하고 있지는 못하지만 늘 노력하고 있습니다.

진행자는 테니스 관전을 꿈꾼다

Q TV 프로그램 진행자는 그야말로 듣기의 달인이 아닐까 하는 생각이 드는데요. 듣기 기술이라는 측면에서 평소 신경 쓰는 부분이 있으신가요?

A 우선 질문을 짧게 합니다. 1장에서 언급했듯 TV에서는 말을 길게 하는 사람을 꺼립니다. 진행자라고 예외는 아닙니다. 아니, 애초에 진행자가 게스트보다 말을 길게 해서는 안 되겠죠. 진행자의 질문은 짧을수록 좋습니다. 궁극적으로 진행자는 테니스 시합을 관전하는 관객을 추구합니다.

Q 테니스 시합이요?

A 네. 게스트 사이의 활발한 논의에 고개를 좌우로 움직여 가며 지켜보는 상태 말입니다. 진행자가 개입하지 않아도 게스트끼리 적극적으로 대화를 주고받거나 논쟁을 펼치는 상태죠. 생방송에서 추구하는 가장 이상적인 모습으로, 이럴 때는 시청률도 잘 나옵니다.

Q 진행자가 뒷전으로 밀려날 만큼 치열한 논의가 오가니 분위기가 달아오르죠.

'무적'의 시청률 보증 수표

A   TV 생방송에서 거의 틀림없이 시청률이 보장되는 장면이 있습니다. 언제일까요?

Q   자극적인 영상이 나올 때나 스튜디오에서 격렬한 논쟁이 오갈 때 아닐까요?

A   틀린 대답은 아닙니다만 진정한 '무적'의 시청률 보증 수표는 따로 있습니다. 바로 방송 사고가 났을 때입니다. 예컨대 출연자 중 한 사람이 갑자기 몸 상태가 나빠져 자리를 비울 때, 게스트 중 한 사람이 방송에서 금지된 용어를 사용해 주위 사람들이 허둥댈 때, 아나운서가 뉴스를 몇 번이고 잘못 읽는 바람에 스튜디오 전체가 어수선해질 때 말입니다.

Q   제작진이 원하던 전개가 아니건만 시청자는 채널을 고정한 채 지켜보는군요.

A   네. 해프닝이 발생하면 앞으로 상황이 어떻게 흘러갈지

궁금해지기 마련이니까요. 저희는 보도 프로그램이다 보니 평소 담담한 표정을 유지합니다. 그러니 방송 사고가 일어나서 당황한 모습을 보면 낯설고 흥미를 느끼는지도 모르겠네요.

Q 그러고 보니 저 역시 스튜디오가 어수선할 때 오히려 더 시선이 갔던 것 같아요.

A 물론 방송 사고는 일어나지 않는 편이 좋습니다. 사안에 따라서는 시말서를 써야 하기 때문에 방송 사고가 일어나면 제작진은 고개를 떨구죠. 하지만 예상치 못한 일이 일어난 TV 생방송은 콘텐츠로서 강력한 힘을 발휘합니다. 반면에 방송이 대본대로만 흘러가면 시청자는 '이제 대충 알겠네' 하고 채널을 돌리고 맙니다.

Q 게스트가 얌전히 진행자의 질문을 기다렸다가 대답하는 상황보다는 예상치 못하게 논의가 흘러가 진행자가 조마조마해하는 '테니스 관전'이 더 낫다는 말씀이군요.

A 일본의 아나운서 하토리 신이치 씨는 앞서 말한 테니스 관전이 주특기입니다. 현재 하토리 씨는 TV도쿄처럼 일본의 5대 민영 방송사 중 하나인 TV아사히에서 <하토리 신이치의 모닝 쇼>라는 프로그램을 진행하고 있는데 이곳에서는 방송인 다마카와 도오루 씨를 비롯한 게스트들이 논객으로 출연해 종종 주제에서 벗어난 논쟁을 벌입니다.

Q 하토리 씨가 개성 뚜렷한 게스트들 간의 대화를 지켜보는 장면은 저도 많이 봤어요.

A 격렬한 논쟁이 오가기 시작하면 일단 겉으로는 어찌할 바를 몰라 당황한 표정을 짓지만 아마 연기일 겁니다. 속으로는 '옳거니!' 하고 쾌재를 부르겠지요.

Q 프로그램으로서는 주제에서 적당히 벗어나 있을 때 가장 재미를 보는군요.

A   그렇죠. 하토리 씨의 진행을 보며 감탄하는 부분은 결코 함부로 나서지 않는다는 점입니다. 프로그램에서 다루는 주제를 사전에 철저하게 숙지해 두지만 공부한 지식을 자랑하지는 않습니다. 의견이나 지식을 전달하는 역할은 게스트에게 맡기고 자신은 '시청자 대표'의 자세를 고수한 채 간단한 질문을 던집니다. 게스트의 주장이 지나치게 편중되어 균형을 잡을 필요가 있을 때만 관여하지요.

Q   최소한의 개입만 하는군요.

지식을 과시하지 말 것

A 듣기의 달인이라고 생각하는 또 한 사람은 라디오 방송
   국 닛폰방송이 송출하는 아침 생방송 <이다 고지의 OK!
   Cozy up!>의 진행자 이다 고지 씨입니다. <이다 고지의
   OK! Cozy up!>은 국제 정세나 정치·경제 분야 뉴스를
   다루는 프로그램인 만큼 제가 진행하는 프로그램과 게
   스트가 겹칠 때가 많은데 이다 씨의 방송에서는 어떤 게
   스트든 편안하게 이야기를 풀어 나갑니다. '이야기를 풀
   어 나가도록 유도당한다'라는 표현이 더 정확할지도 모
   르겠네요.

Q 대화에 푹 빠져 평소에는 하지 않던 이야기까지 털어놓게 된
   다는 말씀인가요?

A 맞습니다. 저도 요즘 이 프로그램에 한 달에 한 번꼴로
   출연하고 있는데 이야기를 나누는 동안 정말 마음이 편
   안합니다. 이다 씨 역시 방송에서 다룰 주제를 열심히 공
   부하면서도 지식을 과시하려 하지 않습니다. 게스트의

설명이 어렵다고 느껴질 때만 약간 말을 보태며 청취자의 이해를 돕습니다.

Q 하토리 씨도 이다 씨도 게스트를 앞세울 뿐 함부로 나서지 않는군요.

A 네. 저처럼 신문이나 잡지에서 기자로 일하던 사람이 TV 뉴스 해설자가 되면 말이 길어지는 경향이 있습니다. 취재에서 얻은 정보나 자신의 의견을 어떻게든 말하려고 하기 때문이죠.

Q 뉴스 해설자가 되었지만 기자일 때의 습관은 여전히 남아 있는 셈이네요.

A 네. 그래서 제가 진행하는 프로그램에서는 제 이야기를 되도록 짧게 하려고 노력합니다. 하지만 생방송을 진행하다 보면 반대로 이야기를 길게 끌어야 할 때도 있습니다.

Q 예를 들면요?

A 한번은 방송 중에 작은 해프닝이 발생해 어쩔 수 없이 이야기를 이어가며 시간을 끌어야 했던 적이 있습니다. <닛케이 새터데이-뉴스의 의문점>이라는 프로그램이었는데요. 광고 직후 재생하려던 영상에 문제가 생겼으니

준비가 될 때까지 이야기를 끌어 달라는 지시가 내려왔습니다. 당시 3분 정도 시간을 끌며 길게 이야기를 이어갔는데 아마 시청자 대부분은 '오늘 진행자가 말이 많네' 하고 지루해하셨을 겁니다.

Q 아하, 그럴 때도 있군요.

A 게스트도 엄지를 치켜세웠고 제작진도 방송 후 회의에서 감사 인사를 전했지만 이미지에 타격은 어느 정도 입을 수밖에 없었습니다.

"예", "아니요"로
답할 수 있는 질문은 피할 것

Q 방송 중 게스트에게 질문할 때 특별히 신경 쓰는 부분이 있
   다면요?

A "예", "아니요"로 답변이 끝나는 질문을 삼갑니다. 가장
   바람직하지 않은 상황은 진행자가 주절주절 자신의 의
   견을 피력한 뒤 "그렇지요?" 하고 묻고 게스트는 "네. 말
   씀하신 대로입니다."라는 한 줄로 대답을 끝낼 때입니
   다. 게스트가 말해야 할 내용을 진행자가 도중에 끼어들
   어 먼저 언급해서는 안 됩니다.

Q "예", "아니요"만으로 답변이 끝나지 않도록 하려면 어떻게
   질문해야 할까요?

A 첫째, 5W2H를 의식하며 질문하는 방법이 있습니다. '언
   제', '어디에서', '누가', '무엇을', '왜', '어떻게', '얼마를
   들여'를 생각하며 질문하지요. 특히 제가 진행하는 프로
   그램은 경제 보도 프로그램인 만큼 '얼마를 들여'에 해당
   하는 비용의 관점을 반드시 짚고 넘어가려 노력합니다.

두 번째로 "어떻게 생각하십니까?"라거나 "어떻게 보십니까?" 하고 두루뭉술하게 질문하는 방법도 있습니다. 게스트가 의견을 자유롭게 피력하도록 할 때도 사용할 수 있는 방법입니다.

Q 진행자가 "예", "아니요"로 대답이 끝나는 질문을 하면 답변을 유도한다는 느낌이 들기도 해요.

A 쉬운 설명을 듣고 싶을 때는 게스트에게 일부러 간단한 질문을 던지기도 합니다. '진행자가 이렇게 몰라서야…' 하는 생각이 들게끔 유도해 쉽고 자세한 설명을 이끌어 냅니다.

물론 약간의 리스크도 있습니다. 가끔 '이런 것도 모르다니' 하고 무시하는 듯한 반응을 보이는 게스트도 있거든요. 게스트의 성격을 미리 어느 정도 알고 있고 '이렇게 질문하면 정성스럽게 답변해 줄 것이다' 하는 신뢰 관계가 형성되어 있을 때만 사용할 수 있는 방법입니다.

핵심은 진행자가 아는 척을 해서는 안 된다는 것입니다. 본인의 역량 이상을 보여주려고 애쓰면 화면에서 금방 티가 납니다.

Q 진행자가 겸손한 태도로 게스트의 이야기에 귀를 기울이는 것도 좋지만 가끔은 게스트의 의견을 너무 듣기만 한다고 느

낄 때도 있어요.

A 진행자의 자질을 의심해 봐야 하는 상황이네요. 게스트가 지나치게 편향된 주장만 늘어놓을 때는 "한편으론 이런 의견도 있습니다" 하고 반대 의견을 꺼내며 균형을 잡아야 합니다.

가령 이스라엘-하마스 전쟁을 두고 팔레스타인 측에서 발언하는 사람이 있는가 하면 이스라엘 측에서 발언하는 사람도 있습니다. 종교적인 이유가 얽혀 있는 문제는 특히 예민한 사안이므로 의견이 지나치게 한쪽으로 치우치지 않도록 합니다.

Q 역사나 종교 문제가 얽혀 있을 때는 특히 조심해야겠어요.

A 때로는 근본적인 질문을 던져 균형을 잡을 때도 있습니다. 예컨대 "엔화 약세 기조는 과연 기업에 이익이 될까요?" 하는 질문입니다. 가끔 엔화 약세 기조가 일본 기업에 이익을 가져다준다는 전제하에 이야기가 진행될 때가 있습니다. 하지만 이는 제품을 수출하는 글로벌 기업에만 성립하는 명제이며 실제로는 많은 중소기업이 자잿값과 연료비 급등으로 고통을 받습니다. 일본 기업 중 90% 이상은 중소기업입니다. 대기업만 기준에 두고 이야기가 진행되지 않도록 주의해야 합니다.

Q 진행자가 게스트의 속내를 들으려고 일부러 도발하는 모습
도 몇 번 본 적이 있어요.

A 잡지 취재에서 자주 쓰는 방법입니다. 사람은 화가 났을
때 본성이 나오는 법이거든요. 다만 TV에서는 진행자가
게스트를 못살게 군다고 생각하는 시청자가 있을 수 있
으니 각오는 필요합니다.

Q 평소에는 그러려니 하고 봤는데 사실 화면 속 진행자는 게스
트와 늘 심리적인 줄다리기를 하고 있었군요.

대본을 무작정 외우지 말 것

Q 현재 출연하고 계신 프로그램의 대본은 어떻게 구성되어 있나요?

A 저희 대본은 TV도쿄 내부에서도 심플하기로 유명합니다. 실제로 제 대본에는 함께 진행하는 파트너의 도표 설명 원고 등은 적혀 있지만 제가 질문하는 부분에는 보통 '진행자 질문', '게스트 답변'이라고만 적혀 있습니다.

Q 완전히 일임하는군요.

A 네. 처음 출연하는 게스트는 "이게 최종 대본인가요?" 하고 놀라기도 합니다. 프로그램에 따라 방침이 다르니 딱 잘라 말하긴 어렵지만 보통은 제작진이 게스트의 이야기를 미리 듣고 대본에 진행자의 예상 질문과 게스트의 예상 답변을 대략적으로 적어 둡니다.

하지만 저는 뻔한 전개를 최대한 피하고자 세세한 부분은 적지 말아 달라고 요청합니다. 물론 제작진이 게스트로부터 청취한 내용은 사전에 메모 형식으로 전달받아

머릿속에 넣어 두고요.

Q 그럼 방송 중에는 대본을 볼 일이 거의 없으시겠군요?

A 네. 20분 정도 분량이라면 대본은 거의 보지 않고 미리
숙지해 둔 대략적인 흐름에 따라 진행해 나갑니다.
대본 볼 때를 굳이 찾자면 고유명사나 데이터를 오류 없
이 소개하기 위해 슬쩍 볼 때 정도랄까요? 방송 중에는
항상 게스트를 바라보며 맞장구를 치거나 내용에 따라
즉흥적인 질문을 하는 데 집중합니다.

Q 그러면 예정보다 시간이 지체되어 진행하기가 어렵지 않나
요?

A 대화가 활발하게 진행된다면 예정보다 시간이 조금 길어
져도 상관없다고 생각합니다. 시간 관리를 도와줄 사람
이라면 옆자리의 진행 파트너도, 화면 밖 믿음직한 제작
진들도 있습니다. 시간이 지체되거나 중요한 내용이 빠
졌을 때는 스케치북에 써서 저에게 알려줍니다.

Q 방송 시작 전에 하는 회의에서는 어떤 이야기를 하나요?

A 회의에서도 대략적인 이야기만 오갑니다. "오늘은 파트1
부터 파트3까지 세 가지 주제를 약 10분씩 다룹니다" 하
고 공유한 뒤 각 파트 주제를 간단하게 설명하는 식이죠.

회의 단계에서 너무 자세히 묻고 답하면 정작 방송에서
는 이미 나누었던 대화가 반복되는 느낌이 들어 게스트
에 따라서는 회의 때 말했던 내용을 이야기하지 않기도
합니다. 저 역시 회의에서 들은 내용이면 방송에서 자연
스럽게 반응하기 힘듭니다. 따라서 회의에서 공유하는
내용은 최소한으로 제한합니다.

Q TV에서는 현지에 찾아가 인터뷰를 하거나 거리에서 시민들
의 의견을 청취하기도 하잖아요. 이때 특별히 신경 쓰는 부
분이 있나요?

A 일단 사전에 알아낼 수 있는 부분은 최대한 조사한 뒤 질
문을 준비합니다. 취재 대상이 '아무것도 모르고 왔네'
하고 생각해서는 안 됩니다. 사전 조사를 통해 어떤 부분
을 구체적으로 질문해야 흥미로운 이야깃거리가 될지 큰
그림을 그린 뒤 촬영에 임합니다.

Q 사전 준비를 게을리해서는 안 된다는 말씀이군요.

A 네. 사전 조사는 그 자리에서 뉴스거리를 포착해 낸다는
측면에서도 중요합니다. 예를 들어 신문 기자가 상대방
이야기를 듣고 어디까지가 이미 보도된 사실이고 어디서
부터가 새로운 정보인지 분간해 내지 못하면 제대로 된
보도를 할 수 없습니다.

TV는 신문만큼 뉴스거리에 집착하지는 않지만 그래도 상대방 이야기를 들으며 '이건 전에 다른 매체에서 보도한 내용이다', '이건 어디에서도 보도된 적 없는 내용이다' 하고 판단할 수 있어야 좋은 취재를 할 수 있습니다.

미리 준비한 질문도
실전에서는 덮어둘 것

Q 질문할 내용은 종이에 따로 메모해 두시나요?

A 인터뷰 길이에 따라 다른데 긴 인터뷰를 진행할 때는 대개 질문을 조목조목 메모해 둡니다. 다만 인터뷰할 때는 메모를 전혀 보지 않습니다. 상대방의 표정이나 눈을 보며 이야기를 듣는 게 훨씬 중요합니다.

Q 질문 내용을 잊어버리지 않나요?

A 사소한 부분은 잊어버려도 상관없습니다. 머릿속으로 서너 개 정도 대강의 항목만 기억합니다. '처음에는 이 주제를 질문하고 다음에는 이 주제를 질문하자' 하는 식으로 큰 흐름만 잊지 않도록 합니다. 나머지는 그때그때 상황에 맞게 대처합니다. 상대방의 이야기를 듣고 표정과 의도를 살피며 즉흥적으로 어떤 질문을 할지 결정하지요.

Q 그러면 흥미로운 이야기가 나왔을 때 바로바로 캐치할 수 있겠군요.

A 맞습니다. 준비한 질문들의 흐름을 지나치게 의식하다 보면 모처럼 상대방이 흥미로운 이야기를 꺼냈는데도 이렇다 할 반응도 못 한 채 다음 질문으로 넘어가고 맙니다. 중요한 것은 질문을 통해 다음 질문의 힌트를 얻어야 한다는 점입니다.

Q 어떤 기자는 상대방이 무슨 대답을 하건 사전에 준비한 대로 질문하기 바빠요. 대화가 맞물리는 느낌이 없달까요.

A 그럼 상대방도 이야기에 흥이 나지 않습니다. 인터뷰를 할 때는 취재 대상의 내면에서 이야기를 끌어내야 합니다. '아, 이 사람은 내 마음을 알아주는구나', '내 이야기를 재미있어하는구나' 하고 생각해야 비로소 마음 놓고 진짜 속이야기를 꺼내 놓습니다. 그러려면 상대방의 눈을 보는 시간이 길어야 합니다.

Q 질문지에만 눈을 둬서는 절대 연출해 낼 수 없는 분위기겠군요.

컴퓨터를 앞에 두고
이야기를 듣는다면?

A   컴퓨터에 상대방이 한 말을 입력해 가며 인터뷰를 하는 분들이 종종 있는데요. 저는 그다지 좋은 방법은 아니라고 생각합니다. 손은 키보드를 치고 있더라도 눈은 상대방을 보고 있으니 문제없다고 반론하실지 모르겠습니다만 아무래도 말하는 사람은 집중력이 흐트러지고 맙니다.

컴퓨터를 가운데 두고 취재하는 기자는 취재 대상에게 얼굴과 이름을 각인시키지 못합니다. 하지만 인맥 형성은 기자의 업무 중 하나입니다. 효율을 우선하느라 인맥 형성을 게을리하는 기자는 장기적으로 봤을 때 좋은 성과를 낼 수 없습니다. 기자회견처럼 여러 기자가 질문하는 곳이라면 몰라도 일대일로 취재할 때는 컴퓨터를 사용하지 않는 편이 좋습니다.

Q   보이스 레코더를 사용하는 방법은 어떤가요?

A   상대방에게 양해를 구했다면 사용해도 상관없다고 봅

니다. 저는 주로 "정확한 기사를 위해 녹음을 해도 될까요?" 하고 미리 동의를 구한 뒤 사용합니다. 물론 취재 내용에 따라 다르긴 합니다. 정말 극비 정보를 알아내고자 할 때는 상대방의 경계심을 낮추기 위해서라도 보이스 레코더는 사용하지 않을 때가 많습니다.

Q 어떤 방법을 쓰든 질문지를 순서대로 읽어 내려가서는 좋은 취재도 어렵고 좋은 뉴스거리를 찾기도 힘들겠군요.

A 뉴스거리란 자기 나름대로 전략을 갖고 상대방과 줄다리기를 벌이다 '이때다' 싶을 때 자연스럽게 끌어내는 겁니다.

속이야기를 이끌어내는 줄다리기 기술

Q 상대방의 속이야기를 이끌어내는 필살기가 있으신가요?

A 필살기라고 부를 만큼 대단한 기술은 아닙니다만…. 정 말 듣고 싶은 이야기가 있다면 어느 정도 대화가 무르익 고 취재 대상에게 신뢰를 얻은 뒤에 질문한다는 원칙을 가지고 있습니다.

   상대방이 살짝 방심했을 때가 찬스입니다. 잡지 기자 시 절에는 취재가 끝난 뒤 사진 촬영할 때를 노렸고 TV 취 재에서는 마지막에 현장을 영상으로 담을 때를 노립니 다. 취재가 끝나고 한숨 돌릴 때쯤 "아까 하신 말씀 말인 데요" 하고 사실상 가장 묻고 싶던 질문을 꺼냅니다.

Q 떠나려다 말고 몸을 돌려 질문하는 '형사 콜롬보'식 기술이 네요.

A 제 영업 비밀이라 말씀드리지 않으려고 했는데. (웃음)

Q 상대방의 속마음을 끄집어내는 다른 기술로는 뭐가 있을

까요?

A   질문을 조금 달리해 상대방의 속내를 엿보는 방법도 있습니다. 이를테면 "이 제품이 마음에 듭니까?"라고 묻기보다는 "친구에게 이 제품을 추천하겠습니까?"라고 묻는 편이 훨씬 더 속내를 알기 쉽습니다. 제품을 향한 호불호는 개인의 주관이지만 친구에게 추천하는 일에는 일종의 책임이 따릅니다. 따라서 솔직한 생각을 이야기할 확률이 높습니다.

Q   어떻게 질문하느냐에 따라 속마음을 이야기할 수도 있고 겉치레 말로 끝날 수도 있군요.

A   뉴스거리를 쫓을 때 저희가 자주 사용하는 방법이 있는데요. 예를 들어 "이 회사와 합병하는 일은 절대 없습니까?"라고 질문하는 방식입니다. 거짓말을 못 하는 사람은 "'절대'라고 잘라 말할 순 없고요…." 하고 멈칫합니다. 이처럼 말로 공을 주고받으며 자신의 가설이 타당한지를 확인해 나갑니다.

가설을 폐기할 줄 아는 사람, 폐기하지 못하는 사람

Q 현지 촬영을 나가거나 인터뷰를 할 때는 어떤 그림을 담을지
   사전에 어느 정도 구상을 해 두시나요?

A 말씀하신 부분은 진행자가 아닌 프로듀서의 담당 업무
   입니다.

   프로듀서가 현지 촬영을 떠날 때는 보통 예상 시나리오
   를 준비해 갑니다. 만약 시나리오가 없다면 진행자는
   프로듀서가 어떤 그림을 원하는지 알 도리가 없습니다.
   게다가 현지 촬영에는 카메라 스태프나 오디오 스태프
   등 각 파트 제작진이 동행합니다. 팀 내부적으로 정보
   를 공유한다는 차원에서도 예상 시나리오는 있는 편이
   좋겠지요. 따라서 프로듀서는 가설을 세울 줄 알아야
   합니다.

Q 그렇겠네요. 아직 취재가 이루어지지 않은 만큼 상상력을 발
   휘해야 시나리오를 쓸 수 있겠어요.

A 하지만 가설은 가설일 뿐입니다. 취재 과정에서 폐기되는

편이 훨씬 좋죠. '대화'는 '서사와 조우'하기 위한 도구입니다. 현지 촬영이나 취재에 나서 사람들과 대화를 나누는 이유는 바로 새로운 서사나 사건과 조우하기 위해서입니다. 본인의 예상을 훌쩍 뛰어넘는 서사와 조우했을 때 비로소 현지 촬영의 참맛을 알 수 있습니다.

Q 사전에 세운 가설과 다를 게 없다면 취재를 나갈 의미가 없겠네요.

A 의미가 없다고는 할 수 없습니다. 현지 상황이 가설대로라고 하더라도 가설의 타당성을 검증한다는 차원에서 취재할 가치는 충분히 있습니다. 하지만 현지에서 차마 예상치 못했던 이야기를 듣거나 예상을 뒤엎는 일이 발생했을 때가 가장 신이 나죠.

Q 예상을 뛰어넘는 이야기를 들었을 때가 가장 즐겁다는 말씀이군요. 한편 언론을 비판하는 사람들은 처음부터 시나리오를 정해 놓고 억지로 끼워 맞춘다는 이야기도 자주 하더라고요.

A 안타깝지만 실제로 일어나고 있는 일이긴 합니다.
미리 정해 둔 시나리오와 맞아떨어지는 부분만 남기고 전후 사정은 편집해 버리는 경우가 종종 있습니다. 원하던 그림을 만들어 내기 위해 억지로 발언을 유도하기도 하지요. 때로는 취재 대상이 가설보다 훨씬 더 흥미로운 이야기를 꺼냈는데 무시해 버리기도 합니다.

자신의 스토리만 고집하지 말 것

Q 취재 대상과 문제가 일어나기도 하더라고요.

A 신문이나 잡지 기자 중에도, TV 프로듀서 중에도 한번 확립한 스토리에서 헤어나지 못하고 완고하게 밀어붙이려는 사람이 있습니다. 자칫하면 취재 대상과 서로 얼굴 붉히는 일이 발생할 수 있지요. 여러 조직을 거치며 경험한 바에 따르면 신기하게도 취재 대상과 마찰을 일으키는 사람은 정해져 있습니다.

Q 그들은 어쩌다 트러블메이커가 되는 걸까요?

A 솔직히 말해서 타고난 자질이나 성격이 큰 영향을 미친다고 봅니다. 현장 분위기를 파악하지 못하고 상대방이 하는 말의 뉘앙스도 간파하지 못합니다. 편집 과정에서 취재 대상이 말하려는 의도를 고려해 '잘라내도 무관한 부분'과 '잘라내면 안 되는 부분'을 구분해야 하지만 그러지 못하지요.

Q 조직에서 시나리오를 고집하기도 하지 않나요?

A 맞아요. 취재한 당사자가 부정하는데도 팀장이 처음의 스토리를 고집스럽게 밀어붙이기도 합니다. 조직 안에서 큰 목소리를 내지 못하는 신참 기자일수록 그런 일을 당하기 쉽습니다.

TV에서는 울며 겨자 먹기로 처음의 시나리오를 따라야 하는 경우도 있습니다. 글로 된 기사에 비해 영상 편집에는 시간이 걸립니다. 처음에 예상했던 스토리에서 크게 방향을 틀면 후속 공정에 영향을 주고 방송 스케줄을 맞추지 못하니 어쩔 수 없이 정해진 시나리오대로 끼워 맞추기도 합니다.

Q 하지만 '악마의 편집'이나 '끼워 맞추기'를 원하는 취재 대상은 없을 것 같아요.

A 지당한 말씀입니다. 결국 가장 중요한 것은 일을 대하는 자세입니다. 바쁜 시간을 쪼개 어렵게 취재에 응해 준 분들의 의도를 얼마나 충실히 담아내는지를 보면 기자나 프로듀서의 실력이 드러납니다.

정말 실력이 뛰어난 기자나 프로듀서는 유연합니다. 현장에서 재미있는 이야기와 조우했다면 시간이 제한되어 있더라도 최대한 담아내려 노력합니다. 장기적으로 봤을 때 그런 사람들은 점점 힘을 키워 나갑니다.

Q 취재 대상이 들려준 흥미진진한 이야기를 조금이라도 더 많이 담아내기 위해 끝까지 최선을 다하는 집념의 소유자가 결국은 좋은 콘텐츠를 만들어 내는군요.

A 맞습니다. 그러고 보면 듣기에서 가장 중요한 요소는 상대방의 발언에서 흥미로운 부분을 구분해 내는 감각일지도 모르겠습니다. 같은 이야기를 듣더라도 흥미로운 부분을 캐치해 내는 능력은 사람에 따라 크게 다를 테니까요.

Q 맞아요. 여러 명이 취재를 나가 같은 이야기를 듣더라도 받아들이는 방식은 천차만별이더라고요.

A 편집장 시절, 기자들에게 취재는 어땠는지 자주 묻곤 했습니다. 그럴 때 함께 취재를 나간 두 사람 중 한 사람은 "취재 잘되었습니다" 하고 흥분해서 말하는데 다른 한 사람은 "조금 아쉬웠습니다" 하고 보고하는 일이 종종 있습니다.
후자의 이야기를 자세히 들어 보면 흥미로운 기삿거리를 잔뜩 들었으면서도 스스로 눈치채지 못했더군요. 그러고 보면 이쪽 일은 흥미로운 이야기를 흥미롭게 받아들일 줄 아는 감각이 절대적으로 필요한 듯합니다.

Q 지금까지 이야기한 내용은 주로 TV, 신문, 잡지에서의 듣기 기술이었지만 일반 직장에서도, 사석에서도 통할 법한 내용

이 많은 것 같아요.

A   듣기는 행위자의 성격이 가장 잘 드러나는 행동입니다.
    말하기나 쓰기에 비해 크게 눈에 띄지 않아 소홀해지기
    쉽지만 듣기에는 그 사람의 본성이나 능력이 응축되어 있
    습니다. 결코 등한시해서는 안 됩니다.

11

Write

잡지 편집장의 쓰기 기술

'빨간 펜'으로 뒤덮인
원고를 받는 기분이란

Q 여기서부터는 '쓰기 기술'에 관해 이야기를 나눠 보고 싶어요. 『닛케이 비즈니스』에 오랜 기간 근무하셨고 편집장까지 지내셨으니 쓰기가 본업이라고 해도 과언이 아닐 것 같은데 어떠신가요?

A 1995년 4월부터 2023년 9월까지 몸담았으니 『닛케이 비즈니스』와는 대략 28년 동안 연을 이어왔네요. 주 활동 무대를 TV로 옮긴 지 약 10년이 지났지만 지금도 책을 쓰거나 잡지 기고는 꾸준히 하고 있습니다. 제 나름대로는 글 써 온 경력도 길다고 생각하고 글쓰기에 애정도 있습니다.

Q 갓 입사했을 당시에는 어떤 기자셨나요?

A 정말 못 썼습니다. 제가 쓴 원고는 보기에도 끔찍할 만큼 새빨갛게 뒤덮여 돌아왔습니다. 닛케이BP 출판사에 입사해 『닛케이 비즈니스』에서 근무하기 전, 3년 정도 『닛케이 로지스틱스』라는 물류 전문 매거진의 편집부

에서 일한 적이 있습니다. 제 이름을 내걸고 처음으로 쓴 한 쪽짜리 원고에서 살아남은 제 문장은 단 3줄뿐이었습니다.

Q 3줄이요?

A 네, 잡지 한 페이지 분량이었으니 꽤 긴 기사였습니다. 400자 원고지로 치면 3장 정도인데 그중에서 3줄만 남았어요.

전문 매거진을 만드는 소규모 편집부였기 때문에 당시 편집장님이 직접 원고를 봐 주셨는데 제가 적은 문장 대부분이 빨간 선으로 그어져 있고 대신 수정한 문장이 위에 빼곡히 적혀 있었습니다. 워드 프로세서로 기사를 작성하던 시절이었는데 수정한 문장을 입력했더니 글자 수가 딱 맞아떨어져 '과연 장인의 솜씨다!' 하고 감탄했던 기억이 납니다.

Q 3줄만 남겨 놓을 거면 처음부터 편집장님이 직접 워드 프로세서에 입력하는 편이 빠르지 않았을까요?

A 아마 교육의 일환이었겠지요. 제 기사가 실린 호가 발행된 뒤, 담당 임원이 "자네, 첫 기사인데도 아주 잘 썼군그래" 하고 활짝 웃으며 칭찬하는데 어떻게 대답해야 할지 모르겠더군요.

잡지라는 업계에 발을 들인 만큼 쓰기에는 제 나름대로 자신이 있었습니다. 하지만 이 사건으로 완전히 기가 꺾였습니다. 당시 팀장님 역시 원고에 빨간 펜 대기로는 편집장님에 지지 않는 사람이었던 탓에 그날 이후 저는 매일 빨간 펜과 사투를 벌여야 했습니다.

Q 원고에 썼던 문장이 빨간 펜으로부터 살아남기 시작한 시점은 언제쯤부터였나요?

A 팀장님께 제출한 원고가 퇴짜 없이 받아들여지기 시작한 건 1년 정도 지나고부터였습니다.

Q 팀장님의 검사를 한 번에 통과하기가 무척 힘들었군요.

A 팀장님께 원고를 제출하고 기다리는 시간이 고통스러웠습니다. 수면 부족으로 어질어질한 데다가 원고를 수정하라는 지시까지 받으면 괴롭기 그지없었죠. 하지만 이제 와 돌이켜보면 그만큼 엄격하게 교육을 받았기에 지금의 제가 있지 않나 싶습니다. 『닛케이 비즈니스』로 소속을 옮긴 뒤 비교적 짧은 시간 안에 제 몫을 할 수 있었던 이유도 다 그런 말단 기자 생활이 있었기 때문입니다.

Q 요즘은 전자 편집이 대세라 종이에 원고를 인쇄해 빨간 펜을 대는 문화는 대부분 사라졌어요. 아마 요즘 신입 기자 대부

분은 원고가 새빨갛게 뒤덮이는 경험을 해 본 적이 없을 거예요.

A 전자 편집이라도 수정 이력은 남을 테니 어디가 어떻게 수정되었는지 보려고 마음만 먹으면 얼마든지 볼 수 있겠지요. 하지만 바쁜 와중에 거기까지 신경 쓰는 기자는 많지 않을 겁니다. 게다가 자기 나름대로 완성본이라고 제출한 원고가 빨간 글씨로 너덜너덜해진 모습을 직접 봤을 때와는 충격의 크기가 다릅니다. 저는 3줄밖에 남지 않았던 원고의 내용을 지금도 기억하고 있을 정도니까요.

Q 그 나름대로 값진 경험이네요.

A 지금이라면 직장 내 괴롭힘으로 소송당할 만한 일이긴 한데 당시 다른 부서에는 "네 원고를 보면 눈이 썩는다"라며 원고를 쓰레기통에 집어 던지는 팀장님도 있었습니다. 신참 기자들끼리 그런 이야기를 나누며 "우리는 그나마 낫다" 하고 서로를 위로했습니다.

Q 요즘도 살벌한 팀장이 있을까요?

A 그럼요. 소위 말하는 악마 팀장은 지금도 존재합니다. 제가 『닛케이 비즈니스』 편집장을 지낼 때도 기자의 원고를 번번이 퇴짜 놓는 팀장들이 있었습니다. 그들에게 원

고를 제출할 때면 기자들이 극도로 긴장하더군요. 그런 팀장이 없으면 좋은 기자로 성장할 수 없습니다.

Q 처음부터 본인이 쓴 원고가 한 번에 통과하면 '이러면 되는구나' 하고 착각하기 쉬우니까요. 옛날이야기는 좋지 않다고 8장에서 배웠으니 이쯤 해 두고 여기서부터는 쓰기 기술을 조금 더 구체적으로 살펴볼까 해요. 쓰기 기술을 연마하려면 뭐부터 해야 할까요?

A 글의 구조부터 익혀야겠지요. 글의 구조는 길이에 따라 달라집니다. X(옛 트위터)에 게시할 정도의 분량이라면 재미있는 이야기부터 쓰고 구조는 그다지 의식할 필요가 없습니다. 그보다 조금 더 긴 글은 신문 기사를 참고하면 도움이 됩니다. 특히 쓰기 기술을 업무에 활용하고자 한다면 먼저 신문 기사의 구조를 연구해 보시기를 추천합니다.

신문 기사는 역삼각형 구조

Q 왜 신문 기사를 참고하면 도움이 될까요?

A 신문 기사는 중요한 내용부터 차례로 나열하기 때문입니다.

신문 기사에서는 가장 중요한 결론을 첫 단락에 적습니다. 긴 기사라면 결론이 적힌 첫 단락이 '리드'* 역할을 하죠. 이어 두 번째로 중요한 내용을 다음 단락에 적고 이후 중요한 순서대로 보충 설명을 써 내려갑니다.

가령 야구 경기를 취재한 기사라면 먼저 시합 결과를 적고 이어서 득점 장면이나 선수의 활약상을 묘사합니다. 경기를 시간 순서대로 써 내려간다면 어떻게 될까요?

Q 제일 궁금한 시합 결과를 기사 마지막에서야 알 수 있겠네요.

A 그렇죠. 그러니 가장 중요한 정보를 제일 먼저 적습니다. 신문 기사는 주로 새로운 소식을 다루므로 5W1H, 그러

---

* 기사의 첫 부분을 일컫는 말로, 독자는 리드를 보고 기사를 읽을지 말지를 결정하기 때문에 매우 중요하다. '전문'이라고도 한다.

니까 '언제', '어디에서', '누가', '무엇을', '왜', '어떻게'를 염두에 두고 씁니다. 경제지인 『닛케이신문』은 여기에 '얼마를 들여', 다시 말해 비용 관련 정보를 더한 5W2H를 고려하겠지요. 흔히 이런 구조를 '역삼각형 구조'라고 부릅니다.

Q 제일 중요한 내용이 가장 먼저 나와서 역삼각형 구조라고 하는군요. 신문 기사를 역삼각형 구조로 작성하는 이유가 있나요?

A 제목과 리드만 읽으면 기사를 끝까지 읽지 않더라도 뉴스의 개요를 알 수 있기 때문입니다.
아울러 의미가 통하면서도 더 짧게 기사를 편집하고자 할 때는 뒷부분부터 잘라낼 수도 있습니다. 신문에는 끊임없이 새로운 뉴스가 날아들기 때문에 처음에는 중대하게 다루던 기삿거리라도 서서히 문자 수가 줄어듭니다. 마지막에는 지면 한구석으로 밀려나기도 하지요. 따라서 편집이 수월한 역삼각형 구조로 쓰도록 서로 약속이 되어 있습니다.

Q 신문 기사에 적용되는 역삼각형 구조가 비즈니스 문서에 적합한 이유는 무엇인가요?

A 업무로 바쁜 사람일수록 문서를 끝까지 읽을 시간이 없

습니다. 예를 들어 3쪽짜리 보고서를 마지막까지 읽는 사람은 드물지요. 의사결정이 필요한 사항은 대체로 첫 페이지를 보고 판단합니다. 더 바쁜 사람은 맨 앞에 적힌 몇 줄만 읽겠죠. 그러니 중요한 내용일수록 앞에 써야 합니다. 바로 신문 기사의 역삼각형 구조처럼요.

Q 2장의 말하기 기술에서 사람들은 남의 말을 끝까지 듣지 않는다는 이야기를 했는데 쓰기에서도 다르지 않군요. 사람들은 보고서를 끝까지 읽지 않는다……. 기억해야겠어요.

A 네. 어떤 업무 현장에서든 마찬가지입니다. 예컨대 기업이 홍보 활동의 일환으로 배포하는 보도 자료 역시 역삼각형 구조로 작성해야 합니다.

일반적으로 보도 자료는 신제품이나 신규 사업 등의 홍보를 목적으로 기업이 작성해 언론 매체에 배포하는 글입니다. 그러다 보니 언론 매체에는 매일 수십 건, 수백 건의 보도 자료가 접수됩니다. 솔직히 말씀드리자면 어떤 제품에 포커스를 맞추고 취재 대상으로 삼을지는 제목만 보고 판단합니다. 더 읽었다 해도 맨 앞에 오는 리드 몇 줄 정도겠지요. 리드 다음부터는 읽는 사람조차 많지 않기 때문에 아무리 흥미로운 내용이 적혀 있어도 소용이 없습니다.

Q 기삿거리가 될지 안 될지는 보도 자료의 처음 몇 줄로 결정
된다는 뜻이군요.

"최, ○○ 만에, 첫"

A 저는 업무 특성상 기업의 홍보 담당자분들을 대상으로 강연하는 일이 많은데요. 강단에 설 때마다 제가 반드시 하는 '단골 멘트'가 있습니다. 바로 "언론 매체는 '최, ○○ 만에, 첫'을 좋아한다"라는 말입니다.

Q '최, ○○ 만에, 첫'이라…. 조금 더 자세히 설명해 주세요.

A 셋 다 신문 기자, 비즈니스 매거진 편집자, TV 보도국 관계자 들이 좋아하는 단어입니다. 뉴스에도 종종 등장하고요.
가령 "뉴욕 다우지수 '최'고치 경신", "임금인상률 30년 '만에' 높은 수준", "혼다 '첫' 전기차 전용 공장 가동"처럼 언론 관계자들은 이 세 가지 표현을 기사 제목에 즐겨 사용합니다.

Q '최, ○○ 만에, 첫'이 들어가 있으면 뉴스로서 가치가 높다는 인상을 줄 수 있겠네요.

A   맞습니다. 언론 매체는 뉴스의 사회적 의의를 중시합니다. 따라서 보도 자료의 제목이나 앞부분에 '최, ○○ 만에, 첫'이 들어가면 효과적입니다.

Q   세 가지 표현 중 어느 하나라도 들어가 있으면 언론 관계자의 눈에 띄기 쉽겠어요.

A   그리고 앞서 언급했듯 신문에는 끊임없이 새로운 뉴스가 날아들기 때문에 기존 기사를 편집하는 작업이 불가피합니다. 하지만 제목에 세 가지 표현이 들어가 있으면 기사에 손을 대기가 쉽지 않습니다.

TV 생방송에서도 시간이 촉박하면 신문과 마찬가지로 뉴스 개수를 줄여 시간을 조절합니다. 이때도 세 가지 표현은 보도에서 배제되지 않도록 보호해 주는 방파제 역할을 합니다.

Q   오호, 보도 자료를 읽을 언론 관계자 편에 서서 생각하니 어떤 제목이나 리드가 적합한지 금방 알 것 같네요.

의논할 때, 프레젠테이션할 때는 PREP법으로

A   역삼각형 구조와 별개로 또 하나, 6장의 말하기 순서에서 상세하게 설명했던 PREP법도 익혀 두셨으면 합니다.

Q   'Point(결론)' → 'Reason(근거)' → 'Example(예시)' → 'Point(결론)'의 순서로 정보를 전달하는 구성 방식 말씀이시죠?

A   네. PREP법을 권장하는 이유도 결론을 앞에 두는 구조이기 때문입니다. 메일을 통해 상사에게 보고하거나 의논할 때, 사내에서 프레젠테이션을 할 때, 고객을 상대로 제품을 제안할 때 등 모든 업무 상황에서 응용할 수 있습니다.

Q   예를 들면요?

A   잡지 편집부를 예로 들겠습니다. 상사에게 보내는 메일에 "원고 마감일을 내일까지 연장해 주실 수 있을까요?" 하고 의논하고자 하는 사안의 결론을 먼저 쓴 뒤 "더 나

은 원고를 위해 조금 더 취재할 필요가 있습니다" 하고
이유를 설명하고 "현재 A사 취재에 들어간 상황입니다"
라고 구체적인 예를 제시합니다.

그런 다음 추가로 "마감일을 하루 연기한다 해도 후공정
에는 무리가 없다고 합니다" 하고 이유를 덧붙인 뒤 "내
일 팀장님과 교열 담당자의 스케줄도 확인했습니다" 하
고 구체적인 내용을 보탭니다. 그리고 다시 한번 "죄송
하지만 마감일을 하루 연기해도 될까요?" 하고 결론을
말합니다.

Q 잡지 편집부에서 늘 반복적으로 일어나는 일이네요.

A 네. 이런 한 가지 상황만 봐도 이야기를 잘 풀어 나가는
직원이 있는가 하면 그렇지 않은 직원이 있습니다. 예시
처럼 논리정연하게 적어 주면 보통은 '아, 그렇구나' 하
고 요청을 받아들이기 마련이지만 두서없는 설명만 늘
어놓으면 '그냥 착수가 늦었겠지' 하고 답장하고 싶어집
니다.

Q 그렇게 말씀하시니 PREP법이 중요하다는 생각이 드네요.

A 사내 프레젠테이션을 예로 들어 볼까요? 특집 기사 제목
과 관련한 프레젠테이션이라고 치면 "A안과 B안이 있습
니다만 특집을 담당한 팀으로서 A안이 적합하다고 생각

합니다" 하고 결론을 먼저 말한 뒤 이유1과 사례1을 설명합니다. 이어 이유2와 사례2를 덧붙인 다음 "따라서 A 안이 더 좋은 제목이라고 생각하는데 어떻게 생각하십니까?" 하고 마무리합니다.

Q 오, 알 것 같아요. 예시를 살펴보니 업무와 관련한 보고, 의논, 프레젠테이션은 대부분 PREP법으로 충분히 대응할 수 있겠다는 생각이 드네요.

A 저도 동의합니다. 기본적으로 신제품이나 신규 사업 홍보처럼 목적이 명확할 때는 글의 제일 앞부분에 5W2H를 제시하는 역삼각형 구조를, 상사와 의논하거나 고객에게 제품을 제안할 때는 PREP법을 적용하면 글이 군더더기 없이 깔끔해집니다.

Q 이야기를 차곡차곡 쌓아 나가는 '기승전결식 구성'은 업무 현장에는 맞지 않나요?

A 기승전결식 구성은 상대방이 글을 끝까지 읽는다는 전제가 있어야 비로소 성립합니다.
소설 같은 문학 작품이라면 기승전결식 구성을 띠어도 무관하지만 바쁘게 업무를 처리하는 사람을 상대로 쓰는 글이라면 더 직관적인 구성을 띨 필요가 있습니다. 덧붙여 비즈니스 문서뿐만 아니라 잡지 기사에도 PREP법이 적합합니다. 바쁜 독자는 기사를 끝까지 읽어 주지 않습니다. 제목이나 앞부분 몇 줄만으로 읽을지 말지가 결정된다는 건 기본적으로 동일합니다.

Q ‘이것도 아니고 저것도 아니다’ 하는 식으로 결론이 분명하지 않은 기사는 비즈니스 매거진에 어울리지 않을지도 모르겠네요.

토요타 자동차 관련 기사를
PREP법으로 작성해 보면

A 예를 들어 '토요타 자동차는 전기차 시대에 승기를 잡을
수 있을 것인가'라는 주제로 PREP법을 활용해 기획 기
사를 쓴다고 해 봅시다.

Q 오, 주제가 상당히 흥미로운데요?

A 최선을 다해 취재한 끝에 '토요타 자동차는 향후 전기차
시장에서 승승장구할 것이다'라는 결론을 얻었다면 기사
는 이렇게 구성해 볼 수 있습니다.

우선 "현시점에서 토요타 자동차는 전기차 분야의 후발
주자지만 2030년대가 되면 상황이 뒤바뀔 것이다"라고
결론을 씁니다. 이어서 "토요타 자동차는 현재 대다수
전기차에서 사용 중인 리튬이온 배터리를 대신할 차세
대 기술 '전고체 배터리'의 기술 특허를 보유하고 있다",
"요즘 전기차 수요가 높기는 하지만 하이브리드 자동차
역시 비슷한 추세로 팔리고 있다", "미국의 정치적 상황
에 따라 전기차 우대 정책의 기조가 바뀔 수 있다" 등의

근거를 열거한 뒤 "따라서 토요타 자동차가 전기차 분야에서 판세를 뒤집을 만한 역량과 시간은 충분하며 2030년대에는 부진을 만회할 수 있을 것이다" 하고 마무리 짓습니다.

Q 주장이 뚜렷해서 이해하기가 쉽네요.

A 물론 토요타 자동차가 전기차 분야에서 승기를 잡을 수 있을지를 두고는 다양한 의견이 있습니다. 앞서 작성한 결론의 설득력을 떨어뜨릴 만한 팩트를 나열해 보자면 "현재 미국 테슬라나 중국 비야디(BYD) 등이 전기차 핵심 부품인 배터리의 비용 경쟁에서 압도적인 우위를 차지한다", "가솔린차에서 전기차로 급속한 전환이 이루어지고 있는 중국 시장에서 일본 차의 시장 점유율이 낮아지고 있다", "최근 다이하쓰공업을 비롯한 토요타 자동차 그룹 자회사에서 품질 문제가 연이어 발생하고 있다" 등이 있습니다.

Q 듣다 보니 '토요타 자동차 괜찮으려나?' 싶은 생각이 드네요.

A 어떤 주제든 취재나 자료 분석을 하다 보면 결론을 뒷받침하는 내용과 거스르는 내용이 공존합니다. 이때 PREP 법을 염두에 두고 기사를 작성하지 않으면 양쪽을 그저 나열하는 데 그쳐 독자는 '그래서 결론이 뭐야?' 하고 고개를

갸웃합니다. 따라서 기사를 작성할 때는 일단 PREP법으로 명확하게 주장을 내세우고 결론에 불리할 만한 내용은 '방어용'으로만 집어넣도록 해야 합니다.

Q PREP법을 활용해 글을 쓰면 주장하는 바가 분명하게 드러난다는 장점은 있지만 이미 결론이 정해져 있어 뻔하게 느껴지지 않을까요?

A 적절한 지적입니다. 결론을 뒷받침하는 내용만 잔뜩 쓰고 거스르는 내용을 배제하면 뻔한 글이라는 인상을 주겠지요. 따라서 글 전체 주장의 설득력을 떨어뜨리지 않는 범위 내에서 결론을 거스르는 내용도 요령 있게 집어넣을 줄 알아야 합니다.

Q 10장의 듣기 기술에서 언급한 내용처럼 기사를 쓸 때도 처음부터 가설을 정해 두고 억지로 '끼워 맞추는' 태도는 바람직하지 않겠어요.

A 맞습니다. 결국 기사의 성패는 얼마나 취재하고 어느 정도 선에서 만족할지에 달려 있습니다. 그리고 취재 과정에서 본인의 가설이 틀렸음을 알았다면 유연하게 궤도를 수정할 줄도 알아야겠지요.

Q 좋은 기사는 결국 얼마나 취재하는지, 취재를 통해 얻은 정

보를 어떻게 분석하는지에 달려 있다는 말씀이네요.

A 그렇죠. 큰 기획 기사를 작성하기 전에 저는 특히 흥미로웠던 사실, 데이터, 취재 대상의 멘트를 취재 노트에서 추출해 꼼꼼하게 메모한 뒤 가만히 노려보는 시간을 갖습니다. 일종의 루틴인데요.

그런 다음 제가 쓰려는 기사의 제목과 글 전체를 관통하는 주장이 서로 모순되지는 않는지 자문자답을 반복합니다. 결론이 나지 않으면 취재가 부족하다고 보고 추가 취재에 나서기도 합니다.

Q 안전하게 찬반 양쪽 의견을 골고루 싣는 방법은 없나요?

A 이도 저도 아닌 제목이나 주장은 제 성격과는 맞지 않더군요. 좀 더 현실적으로 말하자면 잡지의 기획 기사는 주장하는 바가 분명해야 합니다.

Q 확실히 이도 저도 아닌 기획 기사는 독자들이 잘 읽지도 않을뿐더러 반응도 미미하죠.

'마음을 사로잡는' 매체별 테크닉

Q 지금까지 역삼각형 구조와 PREP법을 활용해 글을 구성한다
는 이야기를 나누어 봤는데요. 글에서도 당연히 '마음을 사
로잡는 기술'이 중요하겠죠?

A 물론입니다. TV, 신문, 잡지, 인터넷 매체 모두 읽는 사
람의 마음을 사로잡기 위해 온 힘을 쏟습니다. 예컨대 잡
지의 4쪽짜리 기획 기사에서 독자 대부분은 제목, 리드
그리고 기사 가장 첫 페이지에 등장하는 사진이나 그래
프 등을 보고 읽을지 말지를 결정합니다.

Q 힘들게 취재해서 알찬 기사를 작성했건만 마음을 사로잡는
아이디어가 부족해 독자에게 외면당하는 일도 허다하죠.

A 신문으로 예를 들어 보죠. 얼마 전까지만 해도 신문 기자
는 기사 제목에 그다지 관심이 없었습니다. 독자가 어떤
기사를 얼마나 읽었는지 보여 주는 상세한 데이터가 없
었기 때문입니다.

하지만 최근에는 상황이 바뀌었습니다. 기사 대부분이

인터넷 뉴스에 게시되고 제목에 따라 액세스 수가 크게 달라집니다. 따라서 지금은 기자 대다수가 기사 제목에 공을 들이고 있습니다. 사설에서조차 독자의 눈길을 끌 만한 제목을 내거는 일이 늘고 있습니다. 바람직한 현상 인지 아닌지는 의견이 갈리겠지만요.

Q 확실히 인터넷 뉴스의 영향이 크죠. 일단 제목을 클릭해야 읽을 수도 있을 테니까요.

A 심지어 액세스 순위 등을 통해 독자들이 어떤 기사를 많이 읽었는지도 표시됩니다. 상위권에 오르면 더 많은 사람이 읽어 주기 때문에 제목에 점점 더 힘이 들어갑니다.

Q TV에서는 어떤가요?

A 신문에 실리는 방송 편성표나 리모컨 버튼을 눌렀을 때 나오는 편성표의 소개 문구에 무척 공을 들입니다. 해당 문구 안에 시청자의 관심을 끌 만한 제목이나 출연자의 이름을 얼마나 담아내느냐에 따라 시청률이 크게 달라집니다.

방송 도중 화면 한쪽 구석에 표시되는 문구에도 심혈을 기울입니다. 눈길을 사로잡는 문구가 있으면 시청자가 채널을 고정할 확률이 높아지니까요.

Q 인터넷 방송은요?

A 영상을 만들 때 섬네일에 온갖 정성을 쏟습니다. 사람들은 구미가 당기는 제목이나 이미지가 아니면 클릭하지 않거든요. 클릭하지 않으면 경기장에는 나가 보지도 못한 것이나 다름없습니다.

Q 눈길을 끄는 데 열중하기보다 내용으로 승부를 봐야 한다고 생각하는 사람도 있지 않을까요?

A 물론 제목과 내용이 너무 동떨어져 '속 빈 강정'이 되기도 합니다. 인터넷 뉴스 기사 중에는 기껏 클릭했더니 내용이랄 게 거의 적혀 있지 않은 이른바 '내용 無' 기사도 있지요.
이처럼 반복적으로 독자를 기만하면 머지않아 신뢰를 잃습니다. 하지만 어떻게 독자의 마음을 사로잡느냐에 따라 읽을지 말지가 결정되는 상황에서 사람들의 이목을 끄는 행위 자체를 부정해서는 안 됩니다.

Q 어렵게 완성해 낸 양질의 기사가 독자의 마음을 사로잡지 못해 외면받는다면 너무 아까우니까요.

A 바로 그겁니다. 『닛케이 비즈니스』 편집장 시절, 제 별명은 '밥상 엎는 편집장'이었습니다. 마감 시간이 다 되어 가는데도 종종 실무자들에게 중대한 수정을 요구했

기 때문입니다. 특히 표지 제목이나 디자인, 특집 기사가 들어가는 페이지의 구성이나 표시 방법에 심혈을 기울였습니다.

Q 마감을 목전에 두고 중대한 수정을 지시하면 현장에 부담이 가잖아요. 망설이지는 않으셨나요?

A 솔직히 마음이 약해질 때도 있었습니다. 잠도 거의 못 자고 특집 기사를 준비하는 기자들에게 마감을 앞두고 중대한 수정을 요구하면 현장을 더 몰아세우는 꼴이 되니까요.

그래도 수정을 지시했던 이유는 기자들의 수고를 헛되게 하고 싶지 않았기 때문입니다. 『닛케이 비즈니스』의 특집 기사는 기획 입안부터 인쇄까지 보통 두 달 이상 걸립니다. 여러 기자가 달려들어 취재를 거듭하고 의견을 주고받고 수차례 고쳐 쓰며 완성해 내지요. 그러니 조금이라도 더 많은 사람이 읽어 주기를 바라는 마음으로 수정을 지시했습니다.

Q 독자의 마음을 사로잡는 데 정성을 들이는 이유는 지금껏 들인 수고를 헛되게 하지 않기 위해서군요.

A 1장에서 TV 프로그램이 계주 시합과 닮은 구석이 있다고 말씀드렸는데 잡지도 마찬가지입니다.

표지 디자인이나 특집 기사 제목은 독자가 잡지를 선택하는 데 큰 영향을 미칩니다. 거기서 독자를 끌어들이지 못하면 다른 기획 기사나 칼럼까지 독자에게 외면당합니다. 계주 시합에 비유하자면 특집 기사는 에이스 주자에 해당하죠. 그래서 저는 마지막까지 조금이라도 더 나은 결과물을 내고자 노력했습니다.

Q 고달픈 요구 사항이긴 하지만 분명 현장의 기자들에게도 편집장의 집념이 전해졌으리라고 생각해요.

글이 써지지 않을 때 사용하는 최후의 수단

Q 이쯤에서 화제를 바꿔 볼게요. 아무리 애를 써도 원고가 써지지 않을 때는 어떻게 하시나요?

A 원고 쓰는 일은 정말 고통스러운 작업입니다. 술술 써질 때가 있는가 하면 전혀 진도가 나가지 않을 때도 있습니다. 고작 몇 줄 썼다 되돌아와 지우고, 다시 조금 썼다 되돌아와 지우고⋯. 마치 끝도 없이 고통받는 무간지옥에 빠진 듯한 느낌이 들 때도 있습니다. 이럴 때는 일단 '취재가 부족했구나' 하고 생각합니다.

Q 쓸 만한 이야깃거리가 부족해서 일어나는 일이라는 말씀인가요?

A 그렇죠. 취재를 통해 흥미로운 소재를 잔뜩 모았다면 쓰는 데 그다지 어려움이 없겠지요. 글의 진도가 나가지 않는다면 취재가 부족해 머릿속이 정리되지 않은 상태일 확률이 높습니다. 따라서 시간 여유가 있다면 추가 취재를 나갑니다.

Q 시간 여유가 없을 때도 있잖아요?

A 마감이 가까워졌더라도 먼젓번 취재에서 전화번호나 메일 주소를 주고받은 사람과 이야기 나눌 시간 정도는 충분히 있습니다. 상대방은 본인의 이야기가 어떻게 기사로 나갈지 궁금하고 신경 쓰이는 상황일 테니 연락을 하면 대체로 친절하고 정중하게 여러 가지 이야기를 들려줍니다. 이미 원고 작성에 들어가 문제의식이 명확해진 상태일 테니 더 날카로운 질문을 던질 수 있다는 장점도 있습니다.

Q 아무리 해도 연락이 닿지 않을 때는 어떻게 하죠?

A 쓰기 기술의 힘에 기대야겠지요. 저는 할당된 글자 수의 5분의 1 정도 분량으로 요약을 쓴 다음 살을 붙여가는 방법을 주로 사용합니다. 앞에서부터 치밀한 글을 써 내려가기보다는 골격을 먼저 만든다는 느낌으로요.
리드를 쓴 뒤 곧장 엔딩을 써서 글을 어떻게 끝낼지 명확하게 그린 다음 리드와 엔딩 사이를 채워 나가는 방법도 있습니다.

Q 앞에서부터 순서대로 써 내려가다 보면 도중에 분량을 넘기기도 해요. 인터넷 뉴스 기사처럼 분량 제한이 엄격하지 않다면야 상관없겠지만 잡지 원고처럼 글자 수가 엄격하게 정

해져 있을 때는 무척 유용한 방법이네요.

A 질문 형식으로 쓴 다음 고쳐 쓰는 방법도 있습니다.

Q 질문 형식으로 썼다가 고쳐 쓴다고요?

A 글 쓰는 자아와 별개로 질문하는 자아를 상정한 뒤 스스로 질문하고 답변해 나갑니다.

앞에서 나왔던 '토요타 자동차는 전기차 시대에 승기를 잡을 수 있을 것인가?'로 다시 예를 들자면 "토요타 자동차는 전기차 분야를 리드할 수 있을까?" → "지금 토요타 자동차가 조금 뒤처져 있기는 하지만 2030년대가 되면 만회할 거라고 생각해" → "왜?" → "그야 대다수 전기차가 사용 중인 리튬이온 배터리를 대신할 '전고체 배터리'의 기술 특허가 있기 때문이지" → "다른 이유도 있을까?" → "요새 전기차를 많이 찾기는 하지만 하이브리드 자동차의 기세도 만만치 않아. 아마 당분간은 이럴 테지" 하고 구어로 써 내려가는 것이죠. 자문자답이 끝나면 평서문으로 고쳐 씁니다.

Q 아하, 확실히 대화 형식이면 글이 더 잘 풀리는 느낌이 들죠.

A 애당초 글에는 "왜?"라는 독자의 물음에 답변한다는 목적도 있으므로 대화 형식을 활용하면 독자의 '가려운 곳'을 더 정확하게 짚어 낼 수 있다는 장점도 있습니다.

인물을 조명할 때는 빙의를

Q 그 밖에 직접 고안하신 원고 집필 요령이 있다면요?

A 글을 통해 기업인이나 저명인사 등을 조명할 때는 해당 인물에 빙의하기도 합니다.

Q 빙의요?

A 특정 인물을 조명하는 기사는 당사자의 인터뷰 내용에 주변 인물을 취재한 내용을 보태어 쓰는데요. 이때 저는 일단 제가 해당 인물이 되기라도 하는 양 글을 완성한 뒤 기사용 문체로 고쳐 씁니다. 예를 들어 "○○○○년 ○○월, 제 인생의 전환점이 되어 준 사건이 일어났습니다. 그 사건은 바로 …입니다", "○○○○년 ○○월, …으로 쓰라린 경험을 했습니다. 당시 맛본 좌절감이 저를 크게 성장시켰습니다", "지인인 ○○○은 …이라고 말합니다" 하는 식으로요.

해 보면 아시겠지만 평소의 기사용 문체로 쓸 때보다 훨씬 더 수월하게 진도가 나갑니다. 해당 인물로 빙의해 보이스 레코더에 이야기를 녹음하고 문자화한 녹음 내용을 바탕으로 집필을 시작하기도 합니다. 저는 이 방법을 '빙의법'이라고 부르지요.

Q 끊임없이 연구하고 계시는군요.

A 아는 분들은 아시겠지만 원고 집필 작업을 오랜 기간 하다 보면 마감 기한으로부터 도망가고 싶을 만큼 괴로울 때가 있습니다. 말씀드린 방법들은 모두 괴로움 속에서 울며 겨자 먹기로 고안해 낸 고육지책입니다.

퇴고는 하룻밤 자고 나서

Q 원고를 다 쓴 뒤 퇴고는 어떻게 하시나요?

A 저는 하룻밤 자고 나야 제 원고를 객관적으로 볼 수 있겠더군요. 그래서 원고를 쓴 다음 날 아침에 퇴고한다는 원칙을 갖고 있습니다.

잡지 기자 시절, 긴 기획 기사의 착수 시점을 정할 때는 반드시 퇴고에 드는 시간까지 계산에 넣었습니다. 한밤중에 원고를 완성한 다음 회사 근처 사우나에서 몇 시간 선잠을 자고 일어나 제일 가까운 카페에서 퇴고를 합니다. 그렇게 수정까지 마친 원고를 팀장에게 제출하는 생활을 거의 매주 반복했어요.

Q 다음 날, 새로운 눈으로 읽는 거군요.

A 사람마다 다르겠지만 저는 잠에서 깨어난 직후가 집중이 가장 잘 됩니다. 퇴고하기에 그만이죠. 아침뿐만 아니라 대낮에도 알람을 맞춰 놓고 한 시간 정도 자고 일어나 퇴고를 하기도 합니다.

앞에서 말씀드린다는 걸 깜빡했는데 글이 잘 써지지 않을 때는 잠시 눈을 붙이는 것도 한 가지 방법입니다. 제 경험에 따르면 제출 기한이 6시간 뒤로 다가왔을 때도 마냥 붙잡고 있기보다는 1시간 정도 눈을 붙이는 편이 결과적으로 완성 속도도 빠르고 내용도 더 알찹니다.

12

AI

생성형 AI 시대의
의사소통 기술

학생들의 리포트 분량이 늘어난 이유

Q 지금까지 쓰기 기술에 관해 이야기를 나누어 봤는데요. 단도 직입으로 여쭤보겠습니다. 요즘 챗지피티를 비롯한 생성형 AI가 널리 사용되면서 원하는 조건만 입력하면 눈 깜짝할 새 문서로 만들어 줍니다. 이런 시대에 쓰기 기술을 익힐 필요 가 있을까요?

A 언제쯤 그 질문이 나오려나 생각하면서 여기까지 이야기 를 이어왔네요. 생성형 AI가 편리한 도구임에는 틀림이 없습니다. 결론부터 말씀드리자면 저는 생성형 AI 시대 일수록 더더욱 쓰기 기술을 익혀야 한다고 생각합니다. 이유는 여러 가지입니다. 우선 생성형 AI로 작성한 문서 는 아는 사람이 보면 금방 표시가 납니다. 티가 난다는 뜻이죠. 생성형 AI로 작성한 문서라는 사실을 상대방이 알아도 상관없다면 효율을 앞세워 사용해도 되겠지만 그렇지 않다면 결국 스스로 쓸 줄 알아야 합니다.

Q 생성형 AI로 작성했을 때 문제가 되는 문서는 시험 답안, 논

문, 업무 프레젠테이션 자료, 신문 · 잡지 기사 외에도 잔뜩 있어요.

A 그렇습니다. 최근 방송에서 만난 어느 대학 교수님이 재미있는 이야기를 들려주셨습니다. 요즘 학생들에게 리포트 과제를 내면 누구 하나 가릴 것 없이 잔뜩 써서 가져온다고 합니다.

Q 혹시 생성형 AI를 사용해서?

A 맞아요. 예전에는 자기 나름대로 열심히 하는 학생들이나 종이를 빽빽이 채워 가져왔는데 요즘에는 모든 학생이 꽉꽉 채워 온다고 합니다. 읽는 데도 한참이 걸린다더군요.

Q 읽어 보면 생성형 AI로 작성한 리포트라는 사실을 알 수 있을까요?

A 당연히 대책을 마련해 두었다고 합니다. 가령 찬반으로 의견이 갈리는 주제를 일부러 과제에 포함하는 방법이 있습니다. 현재 생성형 AI는 한쪽으로 결론짓지 못하고 양쪽 주장을 모두 언급하는 경향이 있어 찬반 논쟁이 있는 주제를 질문하면 "이런 의견도 있고 저런 의견도 있다"라는 식으로 답변한다고 합니다. 학생이 제출한 리포트가 찬반 양쪽의 의견을 골고루 언급하고 있다면 '아,

이 학생은 생성형 AI를 사용했구나' 하고 알 수 있다는 군요.

지금 말씀드린 건 한 가지 예고요. 그 밖에도 몇 가지 대책을 더 세워 두고 있다고 합니다. 물론 학생들도 생성형 AI를 통해 얻은 답변을 자기 나름대로 수정하기야 하겠지만 교수님들이 눈치 못 챌 리가 없습니다.

Q 그렇군요. 지금 대학교에서는 생성형 AI를 둘러싸고 수싸움이 펼쳐지고 있군요.

AI에 의존하는 학생은 필요 없다

A 대학교 외 다양한 곳에서 같은 일이 벌어지고 있습니다. 예컨대 구직 활동에서도요. 요즘은 생성형 AI를 사용하면 손쉽게 입사 지원서를 작성할 수 있습니다. 결과적으로 지원자 수가 늘어 기업의 부담이 커지고 있지요.

Q 학생들은 입사 지원 문턱이 낮아져 더 많은 곳에 지원할 수 있겠군요.

A 네. 취업 준비생들이 선호하는 기업 순위에서 상위권을 차지하는 회사에는 수만 건에 달하는 입자 지원서가 접수됩니다. 대량의 입사 지원서를 처리하기 위해 어떤 방법을 쓸까요? 기업 측에서도 입사 지원서를 솎아내는 데 AI를 도입하기 시작했습니다. 다시 말해 AI가 쓴 글을 AI가 심사하는 셈이죠. AI가 판정을 내리다 보니 뻔하고 어디에나 있을 법한 입사 지원서는 탈락합니다.

Q AI로 작성한 입사 지원서는 결국 서류 전형에서 고배를 마시

겠군요.

A 문득 AI가 쓴 입사 지원서를 제출한 학생을 채용할 바에는 그냥 AI를 데리고 일하는 편이 낫겠다는 생각이 들지 않나요?

Q 정말 그래요.

A 쓰기 기술을 익혀야 하는 두 번째 이유가 바로 여기에 있습니다. AI에 의존하면 주변에서 좋은 평가를 받기 힘듭니다. AI 시대에 접어들면서 어떤 일자리가 AI에 대체되고 또 살아남을지가 종종 화젯거리가 되는데요. 모든 업무의 기본에 해당하는 문서 작성 작업을 AI에게 통째로 맡기는 사람이 과연 직장에서 좋은 평가를 받을 수 있을까요? 저는 그렇게 생각하지 않습니다.

Q 초안 작성에 활용하는 정도라면 괜찮지 않을까요? AI를 현명하게 활용하는 능력도 필요하다고 생각해요.

A 물론입니다. 저는 AI를 사용하면 안 된다고 주장하는 것이 아닙니다. 오히려 업무 생산성을 높이기 위해 적극적으로 활용해야 한다고 생각합니다. 하지만 AI에 휘둘려서는 안 됩니다.

Q 'AI에 휘둘린다'라….

AI 도입으로 더욱 존재감이 커진
베테랑 직원

A 최근 기업을 취재하면서 자주 듣는 말이 있습니다. 제조 현장이 됐든 사무실이 됐든 AI 활용을 늘렸더니 베테랑 직원의 존재감이 커졌다고 해요.

Q 어째서죠?

A AI의 실수를 잡아내는 사람이 베테랑 직원이기 때문입니다. 베테랑 직원은 이전에 직접 해 본 일이기 때문에 AI가 내놓은 결과물을 보고 실수나 미흡한 부분을 찾아냅니다. 덕분에 신속하고 적확하게 수정 작업을 할 수 있지요.

하지만 신입 사원이나 주니어 직원들은 처음부터 AI의 힘을 빌려 일하기 때문에 잘못된 부분이 있어도 쉽게 알아채지 못합니다. 이를테면 컴퓨터 프로그래밍 분야에서는 현재 생성형 AI가 급속하게 보급되고 있지만 버그를 찾아내는 분야에서는 베테랑 직원의 활약이 두드러진다고 합니다. 요즘은 어떤 업무 현장이든 주니어 직원을 육

성하기 어렵다는 공통 과제를 안고 있습니다.

Q 그렇겠어요. 주니어 직원들이 AI를 잘 다루는 듯 보여도 사실
은 AI에 휘둘리고 있는 셈이군요.

A 맞아요. 현재의 AI는 과거에 축적한 대용량 데이터를 학
습해 하나의 답변을 추론하는 데는 뛰어나지만 이는 어
디까지나 과거의 경험에 따른 결과일 뿐입니다.
게다가 현시점에서 학습하는 정보는 대부분 예전 데이터
라 최신 경향이 반영되어 있지 않습니다. 예전 데이터로
부터 도출한 답변은 독창성이 부족하다 보니 만약 모두
똑같은 생성형 AI를 사용한다면 똑같은 생각을 하는 라
이벌이 대거 등장한 꼴이 됩니다. 이런 상황에서 AI의 답
변이 기업의 전략 입안이나 독창성이 필요한 업무에 얼
마나 활용될지는 의문입니다.

Q 생성형 AI가 만들어 낸 결과물에서 고유성은 찾아보기 힘들
겠군요.

A 그렇죠. 그리고 저는 기본적으로 글쓰기를 AI에게 통째
로 맡기는 것은 위험한 일이라고 생각합니다. 바로 세 번
째 이유, '의사소통 능력이 쇠퇴하기 때문'입니다.

생성형 AI 의존은 어마어마한 '커뮤니케이션 장애'를 낳는다

Q 글쓰기를 AI에 맡기면 의사소통 능력이 쇠퇴한다고요?

A 네. 지금까지 의사소통 기술에 해당하는 말하기 · 듣기 · 쓰기 기술을 차례차례 살펴봤는데요. 설명을 들으면서 세 가지 기술이 서로 비슷한 점이 많다는 생각이 들지 않던가요? 예컨대 '짧고 간결할 것', '결론 먼저 제시할 것', '상대방의 마음을 사로잡기 위해 애쓸 것', '상대방의 마음을 헤아릴 것' 같은 부분에서요.

Q 비슷하다고 생각했어요.

A 쓰기 능력을 등한시하면 말하기 능력이나 듣기 능력에도 고스란히 영향을 미칩니다. 사람은 학교에서든 집에서든 어릴 때부터 읽기 · 쓰기를 동시에 학습하며 성장합니다. 쓰기 능력은 말하기 능력으로 이어지지요. 만약 글쓰기를 생성형 AI에 의존한다면 말하기 능력은 어떻게 될까요?

Q 조리 있게 말하는 능력을 잃어버릴지도 모르겠네요.

A 원하는 조건만 입력하면 생성형 AI가 금세 문서로 만들어 주기 때문에 사용자는 사실관계를 파악해 이해하기 쉽고 논리적으로 글을 구성하는 사고의 프로세스를 거칠 필요가 없습니다. 그러다 보면 점차 말하기도 어색해지겠지요.

중요한 사실은 글쓰기는 생성형 AI에게 의존할 수 있다 하더라도 말하기는 의존하지 못하는 경우가 대부분이라는 점입니다.

Q 듣는 사람에게 인내심이 필요하겠지요.

A 맞아요. 이미 성인이 된 사람은 그나마 나을지도 모릅니다. 커뮤니케이션의 기초를 익힌 상태에서 생성형 AI를 사용하니까요.

하지만 어린이들은 어떨까요? 앞으로는 컴퓨터로든 스마트폰으로든 손쉽게 생성형 AI를 사용할 수 있는 환경이 갖추어질 겁니다. 현재 전 세계 컴퓨터 제조사들이 너도나도 키보드에 생성형 AI 전용 버튼이 탑재된 'AI PC'를 출시하려고 준비 중입니다.

Q AI PC가 보급되면 더 간편하게 생성형 AI를 사용할 수 있겠네요.

A 그럼 결국 어떻게 될까요? 저는 커뮤니케이션 장애를 지닌 사람이 대거 발생하지 않을까 우려됩니다. 질문을 받아도 곧장 답변하지 못하고 하고 싶은 말이 있어도 단편적으로밖에는 전달하지 못하지요.

Q 지금도 지나친 스마트폰 · 인터넷 사용으로 커뮤니케이션 장애를 겪는 사람이 늘고 있어요. 직장에서도 종종 문제가 되곤 하지요.

A 앞으로는 점점 더 심해지리라고 생각합니다. 한번 상상해 보세요. "그 건은 지금 어떻게 진행되고 있지?" 하는 상사의 질문에 "잠시만요" 하더니 생성형 AI를 통해 답변을 작성한 후 대답하는 직원의 모습을 말이죠. 과연 이런 상태로 커뮤니케이션을 계속 이어 나갈 수 있을까요?

Q 아, 그건 좀 곤란하겠는데요….

A 업무는 곧 시간과의 싸움입니다. 보고, 연락, 의논은 빠를수록 좋아요. 그러니 이런 직원이 주변에서 좋은 평가를 받을 리가 없습니다. 제가 생성형 AI 시대일수록 더욱 쓰기 능력이 필요하다고 주장하는 이유입니다.

'의사소통 능력'이
인간의 퇴화를 막는다

Q 흔히 AI 기술에는 빛과 어둠이 존재한다고들 해요. 장단점을
충분히 이해한 상태에서 사용하지 않으면 어마어마한 일이
벌어지겠지요.

A AI는 대량의 글, 이미지, 음성, 영상, 통계 데이터 등을
눈 깜짝할 새 수집·학습하고 가장 적절하다고 판단되
는 결론을 유추해 내는 데 뛰어난 능력을 발휘합니다. 우
리 삶에 편리하고 유용한 도구임에는 틀림없지요.
예컨대 시청자의 관심사나 시청 이력 분석을 통해 여러
프로그램을 짜깁기한 다음 하나의 프로그램을 만들어
낼 수 있겠지요. 좋아하는 배우의 신만 추려서 편집할 수
도 있겠고요.

Q 편리하겠다 싶으면서도 한편으로는 좀 무섭기도 하네요.

A 물론 개인정보 수집 문제, 저작권 문제가 얽혀 있어 간
단하지만은 않겠지만 기술적으로는 충분히 실현 가능
합니다.

현재의 이미지 인식 기술을 적용하면 냉장고 안에 들어 있는 식재료를 인식해 최적의 레시피를 추천할 수도 있습니다. 머지않아 레시피에 재료의 유통 기한까지 고려하겠지요.

Q 제안받은 요리를 먹고 싶을지는 또 별개의 문제겠지만요. 어쨌든 AI에 의존하면 우리 삶이 편리해지기는 하겠지만 그건 결국 우리 스스로 생각하기를 포기한 결과이기도 하다는 말씀이군요.

A 그렇습니다. 자기도 모르게 AI의 추천을 맹목적으로 받아들이기 시작하죠. 생성형 AI는 스스로 만들어 낸 이미지와 문서를 대량으로 복제해 살포할 수도 있습니다. 가짜 뉴스나 거짓 정보가 퍼질 우려도 있는 셈이죠.

Q 스스로 생각하기를 포기하면 가짜 뉴스에 속기도 쉬워요.

A AI 기술을 논할 때 '기술적 특이점'이라는 용어가 자주 등장합니다. AI가 인간의 지성을 넘어서는 시점을 가리키는 말이지요. 보통은 AI의 성능이 점점 향상돼 인간을 따라잡는 모습을 떠올리지만 제 생각은 조금 다릅니다. 만약 정말 기술적 특이점이 있다면 AI의 진화와 인간의 퇴화가 만나는 지점이 아닐까요?

Q 인간이 퇴화하면서 AI에게 따라잡힌다니….

A 따라서 우리는 커뮤니케이션 능력을 꾸준히 갈고닦아야
   합니다. 말하기 · 듣기 · 쓰기 능력을 모두 고르게 갖추
   어야 비로소 '의사소통 능력'이 완성됩니다. 생성형 AI
   시대인 지금이야말로 의사소통 능력을 길러야 할 때입
   니다.

맺음말

"의사소통 책 한번 써 보지 않으시겠습니까?" 닛케이BP 출판사에서 함께 일하던 동료의 제안을 받고 저는 당황했습니다.

책 출간을 논의하는 회의 석상이긴 했지만 저는 당연히 세계 경제 상황이나 국제 정세와 관련한 책이라고 생각했습니다. 제가 출연하는 보도 프로그램에서 늘 다루는 주제니까요. 사실 몇 가지 구체적인 계획도 세워 놓고 회의에 들어온 참이었습니다. 설마 의사소통이라는 주제를 제안하리라고는 상상조차 하지 못했습니다.

하지만 가만히 생각해 보니 제법 마음이 끌리는 주제였습니다. 본문 중에도 언급했지만 다른 사람 의견을 제 것인 양 되풀이하는 콘텐츠보다는 본인의 경험을 바탕으로 한 콘텐츠가 더 높은 가치를 지니는 법입니다. 물론 저는 세계 경제 상황이나 국제 정세와 관련해 취재에 취재를 거듭하며 전문가분들의 귀중한 의견과 정보를 수집해 왔습니다. 글감이라면 잔뜩 있지요. 하지만 그렇다고 해서 제가 직접 경험한 일이라고는 할 수 없습니다.

반면 말하기·듣기·쓰기는 제 필생의 업입니다. 잡지, 신문, 인터넷 등 다양한 매체에 몸담았고 TV로 주 무대를 옮긴 뒤부터는 프로그램 진행자와 뉴스 해설자로 활동하고 있습니다. 30년 가까운 세월을 조금이라도 더 많은 독자와 시청자에게 선택받으려면 어떻게 해야 하는지 고민하며 살아온 셈입니다.

이제 와서 이렇게 말하면 조금 황당하게 느껴지실지 모르겠지만 사실 저에게도 의사소통은 무척 어려운 일입니다. 이 책을 낸다는 소식을 듣고 가장 놀란 사람이 바로 아내였습니다. "뭐라고? 당신이 의사소통 책을? 코앞에 있는 내 말도 안 듣는 사람이?" 하더군요. 틀린 말이 아닙니다. 저는 잘난 체할 처지가 못 됩니다.

'프롤로그'에서도 말씀드렸습니다만 저는 의사소통의 달인이 아닙니다. 여전히 부족하고 매일같이 벽에 부딪힙니다. 하지만 제가 얻은 교훈이 저와 같은 고민을 하는 분들께 조금이라도 참고가 되기를 바라는 마음으로 펜을 들었습니다. 의사소통 기술은 살아가는 내내 필요합니다. 바로잡기로 마음먹었다면 빨리 행동에 옮길수록 좋지요. 책에서 소개한 내용이 의사소통 능력을 기르시는 데 도움이 되기를 바랍니다.

마지막으로, 책을 쓰는 내내 저와 부단히 소통하며 편집 방향을 잡는 데 도움을 주신 닛케이BP 출판사 편집자분들과 자유기고가 다카하시 미쓰루 씨께 감사 인사를 전합니다. 아울러 지금까지 저에게 소중한 기회를 주셨던 직장 상사분들과 동료, 인터뷰이분들께도 이 자리를 빌려 감사하다고 말씀드리고 싶습니다. 이분들을 만난 덕분에 책도 완성될 수 있었습니다.

저는 앞으로도 이상적인 의사소통을 실현하기 위해 끊임없이 노력해 나가겠습니다.

2024년 2월 야마카와 다쓰오

성공하는 말하기 전략

초판 1쇄 발행 2025년 1월 10일

지은이 야마카와 다쓰오
옮긴이 정나래
펴낸이 권경옥
펴낸곳 해피북미디어
등록 2009년 9월 25일 제2017-000001호
주소 부산광역시 동래구 우장춘로68번길 22
전화 051-555-9684 | 팩스 051-507-7543
전자우편 bookskko@gmail.com

ISBN 979-11-990656-0-4 03800